삽화 | 메종 펠르랭

루드비히 티크

장화신은 고양이

마르코폴로

루드비히 티크는 1773년 5월 5일 베를린에서 태어났다. 그의 상상력이 풍부한 재능은 유년 시절부터 돋보였다. 1792년 그는 처음에는 할레에서, 그리고 괴팅엔에서 대학 공부를 시작했으며, 1796년에 비로소 첫 번째 소설 '윌리엄 로벨'(William Lovell)이 완성되었다. 이상주의자로 시작했지만 관능적인 삶에 빠진 젊은 영국인의 이야기이다.

1793년 티크는 젊은 작가 빌헬름 하인리히 바켄로더와 함께 남부 독일을 유랑하기 시작했고 그곳에서 중세 독일 문화의 풍요로움을 발견했다. 이러한 경험을 바탕으로 티크와 바켄로더는 소설 '방랑하는 프란츠 슈테른발트'(Franz Sternbalds Wanderungen)를 공동으로 집필했다. 프란츠 슈테른발트는 르네상스 시대 화가 알브레히트 뒤러의 제자로 예술을 배우고 삶을 경험하고, 마침내 신비한 마리아를 찾아 유럽을 떠돌아다닌다. 1794년까지 티크는 베를린으로 돌아와 독일의 오래된 민담을 각색했다. 또한 1797년에는 죄책감, 근친상간, 초자연적 사건에 대한 이야기인 '금발의 에크베르트'(Der blonde Eckbert)와 같은 작품을 썼다. 이 시기에 실험적인 드라마인 '왕자 제르비노'(Prinz Zerbino)와 희곡 '장화신은 고양이'(Der gestiefelte Kater)도 발표했다. 희곡에서 의도적으로 연극적 환상을 파괴하는데 20세기 실험극의 선구자로 볼 수 있을 것이다.

1799년에 티크는 노발리스와 빌헬름 및 슐레겔처럼 예나에 살고 있는 낭만주의 작가 그룹과 연락을 취했다. 그는 세르반테스의 돈키호테를 번역했는데 무엇보다 그의 가장 중요한 작업은 아우구스트 빌헬름 폰 슐레겔이 시작한 완전한 독일어 버전의 셰익스피어에 기여한 것이다. 1833년에 완성된 티크-슐레겔의 셰익스피어는 독일 문학의 표준 작품이 되었다.

예나를 떠난 후 티크는 시골 저택에서 몇 년을 보냈다가 1819년 드레스덴으로 이사하여 시립 극장의 극작 컨설턴트가 되었다. 1841년 프로이센의 프리드리히 빌헬름 4세는 그를 베를린으로 불러들여 그곳에서 머물렀다. 티크는 1853년 4월 28일 베를린에서 마지막 낭만주의 작가로 사망했다.

L. TIECK.

"맹세컨대 난 널 행복하게 만들어 줄 거야."

-힌체

장화신은 고양이

막간극, 프롤로그, 에필로그 및
전체 3막으로 이루어진 아동 우화

목차

등장인물

왕
공주(그의 딸)
(말신키에서 온)나타나엘 왕자
레안더(궁정 학자)
어릿광대(궁정 광대)
궁정 시종
요리사
로렌츠, 바르텔, 고틀리프(농부 형제들)
힌체(고양이)
여관 주인
쿤츠, 미헬(농부들)
법률(허깨비)
위안자
작가
병사
두 기마병
두 연인
시종들
연주자

농부

프롬프터

구두장이

역사가

피셔, 뮐러, 슐로서, 뵈티허,

로이트너, 비제너, 그의 이웃(관객들)

코끼리들

사자들

곰들

관리

독수리와 다른 새들

토끼

자고새

주피터

타르칼레온

기술감독

유령

원숭이들

관객들

프롤로그

무대는 객석 1층 광경. 조명은 이미 켜져 있고, 오케스트라 연주자들이 모여 앉아 있다. 객석은 만원이고 관객들은 서로 잡담하고 있다. 더 많은 관객들이 들어온다. 몰려 들어오는 이들에 대해 다른 몇몇이 불평한다. 연주자들이 악기를 조율한다.

객석 1층의 한 편에는 피셔, 뮐러, 슐로서, 뵈티허가, 다른 편에는 비제너와 다른 관객들이 앉아 있다.

피셔   참으로 기대됩니다. 친애하는 뮐러 씨, 오늘 상연되는 작품에 대해 한 말씀해 주시죠.

뮐러   전 이런 작품을 바로 우리의 이 위대한 국립극장에서 볼 줄은 꿈에도 생각지 못했습니다. 허허! 모든 신문에 연극의 광고가 실리고, 배우의 복장도 고급이며, 많은 돈을 들였으니 말입니다!

피셔   이 작품에 대해 이미 알고 계셨나요?

뮐러   전혀요. 〈장화신은 고양이〉라는 놀라운 제목이네요. 애들 장난이 아니길 바랄 뿐입니다.

슐로서 아마 오페라일까요?

피셔 아뇨. 안내문에는 '아동 우화'라고 적혀 있네요.

슐로서 아동 우화라고요? 대체 우리가 애들인가요? 이런 걸 공연하다니. 설마 진짜 고양이가 무대에 나오는 건 아니겠죠?

피셔 내가 알기에 이건 〈새로운 아르카디아인들〉[01]을 모방한 것이오. 거기엔 주둥이 주변이 빨갛다 못해 새까만 타르칼레온이라고 하는 악한이 고양이 모양을 한 괴물로 나온다고 합니다.

뮐러 그리 나쁘지 않은 것 같소. 난 이미 예전부터 이런 꽤나 놀라운 오페라를 음악 없이 한번 보기를 원했거든요.

피셔 뭐요? 음악 없이라고요? 이보시오, 음악 없는 오페라는 저급 취향에 다름 아니오.
친애하는 이여, 내 확언컨대, 우린 이러한 천상

---

01) 오스트리아 빈의 배우이자 성악가, 극장 감독이었던 에마누엘 쉬카네더(Emanuel Schikaneder,1751-1812)의 오페라 텍스트 『아르카디아의 거울 Der Spiegel von Arkadien』(1795)에 대해 괴테의 처남인 크리스티안 아우구스트 불피우스(Christian August Vulpius,1751-1812)가 붙인 별칭. 타르칼레온은 거기 등장하는 사악한 천재의 이름. 아르카디아는 본래 그리스 펠로폰네소스 반도의 지역명으로, 목가적인 유토피아를 지칭한다.

의 예술을 통해 추잡함이나 미신과 같은 세속
에서의 모든 어리석음을 물리치는 게요. 계몽
이란 본디 자신에게 속하는 과실을 수확하는
법이지요.

뮐러 그렇다면 아마 그럴싸한 가족극일 텐데, 고양이
를 등장시킨 그럴듯하게 만든 웃음거리나 여흥
에 불과하겠죠. 혹은 이렇게 표현해도 된다면,
기괴한 제목으로 관객을 꾀는 밑밥 정도겠죠.

슐로서 제 생각을 솔직히 말씀드리자면, 이 극은 전체
적으로 자신의 의도나 암시하는 바를 사람들에
게 전달하는 데에 주안점을 두고 있는 것 같습니
다. 제 말이 맞는지는 곧바로 확인하시게 될 겁
니다. 제가 아는 한, 이건 혁명극입니다. 혐오스
러운 군주와 신하들에 이어 대단히 신비로운 이
가 저 아래 깊고 깊은 지하 세계의 비밀 결사 회
합에 등장하죠. 거기서 그는 자신이 대통령이라
는 사실을 숨기기 위해 고양이로 변장합니다. 이
제 거기서 우린 심오한 종교 철학과 프리메이슨
을 얻게 되죠. 그리고 마침내 그는 좋은 일을 하
다 희생됩니다. 오, 고귀한 주인공이여! 당연히
그대는 모든 악당들의 둔감한 엉덩짝을 마구 걷
어차려고 장화를 신고 있음에 틀림없소!

피셔	확실히 옳은 통찰이오. 안 그러면 취향이란 끔찍하게 내팽개쳐질 뿐이겠지요. 그런데 마녀나 유령을 믿지 않는 저는 장화신은 고양이는 더더욱 믿을 수 없다는 점을 고백해야겠구려.
뮐러	지금은 더 이상 이런 식의 환상이 출몰하는 시대가 아니오.
슐로서	무슨 말씀을요! 경우를 따져봐야 합니다. 궁핍한 시대에 위대한 은둔자가 몰래 궁전의 집고양이로 변신했다가, 때를 만나 기적처럼 당당히 나타나지 않으리란 법이 어디 있겠소? 이는 이성적으로도 충분히 설명됩니다. 더욱 고귀하고 신비로운 최종 목적에도 부합하기 때문이죠. 저기 로이트너 씨가 오시는군요. 아마 몇 말씀 더 해 주시겠죠.
로이트너	(사람들 사이를 헤치며) 안녕하십니까? 좋은 저녁입니다! 그간 잘들 지내셨는지요?
뮐러	각설하고, 오늘 상연되는 연극이 대체 어떤 건지 말씀 좀 해 주시오.

음악이 시작된다.

로이트너   벌써 음악이 시작되었나요? 제가 시간 맞춰 왔
군요. 오늘 연극 말씀이시오? 내 방금 작가랑 몇
마디 나누고 오는 길이오. 지금 여기 극장에 있
는데, 고양이 옷 입히는 걸 돕고 있더구려.

여러 목소리들   돕는다고? 작가가? 고양이를? 아니 그래, 고양
이가 정말 나온단 말이오?

로이트너   아, 물론이죠. 안내 책자에도 나와 있지 않소.

피셔   대체 누가 그 역을 맡소?

로이트너   음, 무명 배운데, 덩치가 큰 사람이죠.[02]

뵈티허   하, 모든 배역을 내면의 감정으로 소화하여 섬세
하게 처리하는 이 천재적인 배우가 고양이 배역
을 어떻게 소화하는지를 보면서 우린 거의 신적
인 취향에 다다를 것이오! 이는 의심의 여지 없
이 고대 그리스적인 의미에서 이상의 차원에 다
름 아니며, 가히 〈피그말리온〉에[03] 필적하는 수
준이오. 단지 여기선 비극 배우의 신발이 아니라

---

02)   당대의 저명한 배우이자 작가로 활동했으며, 베를린 국립극장장과 왕립극장 총감독을 역임했던
아우구스트 빌헬름 이프란트(August Wilhelm Iffland, 1759-1814)를 가리킨다. 여기에서 티
크는 이프란트에 대한 열렬한 찬미자인 베를린의 평론가 카를 아우구스트 뵈티거(Karl August
Böttiger, 1760-1835)를 관객 뵈티허로 등장시켜 풍자하고 있다.

03)   오비드의 『변신 이야기』에 등장하는 그리스의 왕. 자신이 만든 조각상을 보고 사랑에 빠졌다고
한다. 여기에서는 동일한 제목을 지닌 루소의 모노드라마의 배역을 맡은 이프란트와 관련된다.

희극 배우의 신발을 신는다는 차이뿐이죠.[04] 하지만 물론 장화는 본디 희극이 아니라 비극 배우의 신발입니다. 제가 아직 의심의 딜레마 속에서 헤매고 있나 봅니다. 오, 여러분! 단지 제 개인적인 생각일 따름이니 양해해 주십시오.

뮐러   그럼 이걸 어떻게 연기하죠?

로이트너   작가는 번갈아 가면서 하면 된다더군요.

피셔   번갈아 가며 한다고요? 참으로 놀랍습니다! 그럼 〈푸른 수염〉, 〈빨간 두건〉, 〈엄지 공주〉[05]도 그렇게 해보라 하시죠. 기막힌 드라마 소재들인데 말입니다!

뮐러   헌데, 고양이한테 어떤 옷을 입힐까요? 그리고 진짜 장화를 신고 나오나요?

로이트너   나도 여러분들 못잖게 궁금하오.

피셔   아니 그럼 이런 걸 공연하는 걸 정말 눈 뜨고 지켜보기만 하렵니까? 호기심에 오기는 했지만,

---

04)   고대 그리스 비극에서 배우는 굽이 높고 장딴지까지 올라온 신발[편상화 編上靴]을 신고 무대에 올랐다. 반면 희극 배우는 바닥이 얇고 발목이 드러나는 슬리퍼 같은 신발을 신었다.

05)   이는 모두 티크의 작품들로, 이 1812-16년 편집되어 출간된 『판타수스 Phantasus』판에 이『장화신은 고양이』와 함께 모두 수록되어 있다.

우린 본디 고상한 취향을 지닌 사람들이지 않소.

뮐러 뭐라도 두드려대고픈 맘이 굴뚝같구먼.

로이트너 게다가 좀 추워지기까지 하는군요. 제가 시작하죠.

로이트너가 주변을 두드려대며 소란을 피우고, 나머지도 그를 따라 한다.

비제너 (다른 방향에서 등장하며) 뭐 때문에 이렇게 시끄럽게 두드려대는 게요?

로이트너 고귀한 취향을 구제하기 위해서요.

비제너 그렇다면 나도 빠질 수 없지. (그도 두드려댄다)

다른 목소리들 조용히 하시오! 음악이 안 들리잖아.

모두가 두드려대며 소란을 피운다.

슐로서 하지만 내 돈 내고 왔으니, 끝까지는 봐야 하지 않겠소? 희극이라면 한 번 봐줄 용의는 있지. 하지만 다음번엔 문 바깥에까지 들리도록 두들겨 댑시다.

모두 아니오. 지금 당장 해야지! 안 그러면 취향, 규칙, 예술 등 이 모든 게 말짱 꽝이오.

조명관리자 (무대에 등장하며) 신사 여러분, 경비를 불러 질서를 회복하면 되겠습니까?

로이트너 우린 입장료를 내고 들어온 관객이오. 우린 고귀한 취향을 누리고자 하지, 익살극 따위나 보러 온 게 아니란 말이오.

조명관리자 하지만 그런 소란을 피우는 건 무례한 행동이며, 여러분들이 고귀한 취향을 가지고 있다는 게 무색함을 입증해 줄 뿐입니다. 여기에선 그저 박수를 치거나 경탄을 표하시면 됩니다. 점잖은 교양인의 극장이란 밀림 속에서 막 자라나는 게 아니라는 걸 명심하십시오.

작가 (무대 뒤에서) 연극이 곧바로 시작됩니다.

뮐러 연극 따윈 필요 없어. 우린 연극이 아니라 고귀한 취향을 바랄 뿐이라고!

모두 취향 말이야, 취향!

작가 참으로 당혹스럽네요. 제가 감히 질문드려도 될

까요. 대체 무슨 말씀을 하시는 건가요?

슐로서   취향 말이오! 작가가 취향이 뭔지도 모른단 말이오?

작가   이 애송이를 용서해주십시오.

슐로서   우린 애송이 따윈 관심 없소. 우린 제대로 된 연극, 고귀한 취향을 충족시켜줄 연극을 원한다고!

작가   어떤 종류, 어떤 주제의 연극을 말씀하시는지요?

뷜러   가족 얘기지.

로이트너   삶의 구제요.

피셔   윤리와 독일적 신념 아니겠소?

슐로서   영적으로 고양된 선행의 비밀 결사요!

비제너   후스 파와 아동들이지! [06]

---

06)   옛 보헤미아 지방에서 종교개혁에 힘쓰다 콘스탄츠 공의회에서 화형당한 얀 후스(Jan Huss, 1369-1415)의 추종자들. 후스 전쟁(1419-1434)을 통해 종교의 자유를 쟁취하다.

이웃	대략 그러하오. 거기에 버찌도 추가요. 그리고 구청장도!
작가	(무대 커튼 뒤에서 나타나) 여러분!
모두	저 사람이 작가인가?
피셔	작가처럼 안 생겼는데?
슐로서	건방지게 생겼군.
작가	여러분, 저의 무례함을 용서하십시오.
피셔	어떻게 이런 극을 쓸 수가 있나? 어떻게 이렇게도 교양머리가 없나?
작가	저를 비난하시기 전에, 딱 1분만 제 얘기를 들어주십시오. 친애하는 관객 여러분, 여러분들께선 작가를 앞에 두고서도 박수를 치지 않는 식으로 그를 판결한다는 것을 저는 잘 알고 있습니다. 하지만 저는 작가가 절실히 필요로 하는 관객 여러분들의 소중한 지도와 통찰에 작가가 놀라 움츠러들지 않게끔, 친애하는 여러분들께서 작가를 공정하게 판단하신다는 것 또한 알고 있습니다.

피셔   막말을 하는 사람은 아니구먼.

뮐러   예상보단 훨씬 예의 바른데.

슐로서   관객을 존중하는 법은 아는군.

작가   제 뮤즈 여신의 착상을 감히 이렇게 깨인 판관들 앞에서 상연하게 된 데에 부끄럽기 짝이 없습니다. 저희 배우들의 예술 세계만이 제게 그나마 위안을 줄 뿐이며, 그게 아니었으면 전 곧바로 절망의 구렁텅이로 빠져버렸을 것입니다.

피셔   동정심을 불러일으키는군.

뮐러   좋은 친구야!

작가   여러분들이 두들기시는 고귀한 소리를 들었을 때, 이제까지 그 어떤 것도 저를 이렇게 놀라게 한 적이 없었습니다. 전 아직도 창백한 채 떨고 있습니다. 제가 여러분들 앞에 어찌 그리도 대담하게 나설 수 있는지 제 자신이 이해되질 않을 지경입니다.

---

07)   시인으로 하여금 작품을 쓰게 영감을 부여하는 여신. 원출처인 고대 그리스어로는 무사 Mousa 여신으로 부르나, 여기에서는 한국 독자들에게 익숙한 영어식 발음인 뮤즈 Muse로 옮겼다.

로이트너   박수!

모두 박수친다.

작가   우리 새 연극에선 웃을 기회가 거의 없습니다. 그러므로 쾌활한 분위기, 혹은 이렇게 표현해도 된다면 익살극을 통해 관객 여러분들을 흥겹게 해 드리고자 합니다.

뮐러   역시 맞는 말이야.

로이트너   그가 옳아.

슐로서   브라보! 브라보!

모두   얼씨구! 잘한다! (모두 박수친다)

작가   친애하는 신사 여러분, 그럼 제 시도가 완전히 퇴짜 맞아야 할 것인지 여부를 결정해 주십시오. 그럼 이제 떨리는 마음으로 이만 물러가겠습니다. 연극이 곧 시작되겠습니다. (매우 공손히 절을 한 후 무대 커튼 뒤로 사라진다)

모두   좋아! 신난다!

갤러리에서의
목소리   다 카포!⁰⁸⁾

모두가 웃는다. 막이 오르면서 음악이 다시 시작된다.

---

08)   곡의 맨 처음으로 가서 다시 연주하라는 악상 기호. 여기에서는 '앙코르(다시 시작)'이라는 의미
로 사용되었다.

1막 1장

작은 농부의 방

로렌츠, 바르텔, 고틀리프. 고양이 힌체는 화덕 가 걸상에 앉아 있다.

로렌츠   아버지께서 돌아가신 뒤 남은 얼마 안 되는 재산이지만 어서 나눠야 할 것 같구나. 너희들도 알다시피 아버님께서는 말 한 마리, 황소 한 마리, 그리고 저 고양이를 주요 유산으로 남기셨어. 내가 제일 큰 형이니 말을 가져가마. 바르텔은 그 다음이니 황소를 취하렴. 그리고 가장 어린 고틀리프야, 네겐 자연스레 고양이가 남는구나.

로이트너   (객석에서) 세상에! 저런 도입부가 다 있나! 희곡 예술이라는 게 얼마나 처참하게 몰락했는지 시작서부터 보여주는구먼!

뮐러   그래도 모든 게 잘 이해되어 좋기만 하구려.

로이트너   저건 틀렸소. 저 부분은 관객한테 암시를 줘야
지, 직설적으로 표현하면 안 되는 거요.

뮐러   하지만 뭐가 어떻게 진행되는지를 알 수 있지
않소.

로이트너   그걸 저런 식으로 순식간에 알려지게 하면 안 되
는 거요. 서서히 진행되어야 극이 최고로 재미있
어지는 게지.

슐로서   극이 상연되고 있다는 것 그 자체로 족한 게요.

바르텔   고틀리프야, 유산을 이렇게 나누는 데에 너도 만
족할 거야. 제일 어린 너보다 형님들이 우선권을
가지는 게 당연하지.

고틀리프   물론 그렇죠.

슐로서   왜 가정법원에선 유산상속에 개입하지 않는 게
요? 저건 극의 개연성을 침해하는 이해할 수 없
는 대목이오!

로렌츠   자, 그럼 이제 형들은 가 보마. 고틀리프야, 잘
살거라. 너무 힘든 시간을 보내지는 말아라.

고틀리프　　안녕히 가세요.

(형들 퇴장한다. 홀로 남은 고틀리프의 독백)

모두들 가고 나 혼자 남았구나. 우리 셋 모두 오두막집을 가지고 있기는 하지. 큰형 로렌츠는 말을 가지고 밭을 갈고, 작은형 바르텔은 황소를 잡아 소금에 재서 그걸로 한동안 먹고 살 수 있겠지. 그렇지만 불쌍한 난 고양이를 가지고 대체 뭘 한담? 기껏해야 그 가죽으로 방한용 팔토시나 만들 수 있겠지. 하지만 지금은 쥐라도 잡을 수 있으니 그게 어디야. 녀석, 저기서 조용히 잠자고 있구나. 가련한 고양이 힌체여! 우린 좀 있다 헤어져야겠구나. 미안하다. 내 녀석을 길러 나만큼이나 잘 아는데 말이다. 하지만 어쩔 수 없이 팔 수밖에 없구나. 녀석, 내가 무슨 말을 하는지 알겠다는 듯이 쳐다보고 있군. 이젠 잃을 것도 없으니, 그저 울고 싶기만 하구나. (생각에 잠겨 왔다 갔다 한다)

뮐러　　자, 이들 보시게나. 감동적인 가족극이 맞지? 돈 없는 불쌍한 농부가 찢어지게 가난해진 나머지 자신의 충실한 애묘를 팔아버릴 테고, 어느 다정다감한 처자가 나타나 그와 사랑에 빠져 결혼함으로써 해피엔딩으로 끝난다는 얘기지. 이건 코체부의 〈앵무새〉[09]를 베낀 건데, 거기서의 새가 여기

---

09)　아우구스트 폰 코체부(August von Kotzebue, 1961-1819)의 1792년 작.

선 고양이로 나온다는 사실을 보아 틀림없지.

피셔 그렇다 치더라도 난 이 연극에 만족하오.

고양이 힌체 (일어나서 기지개를 쭉 펴고 등을 곧추세운 다음, 하품을 한번 하고 나서 말하기 시작한다) 친애하는 고틀리프, 그대 처지가 정말 안 됐네.

고틀리프 (놀라며) 뭐라, 고양이가 말을 하다니?

예술 판관 (객석에서) 고양이가 말을 해? 이게 대체 뭔 일이야?

피셔 그럴법한 환상에 속아 넘어갈 순 없지.

뮐러 여기에 속느니 내 평생 연극을 다시는 안 보고 말지.

힌체 난 말할 줄 알면 안 되나, 고틀리프?

고틀리프 이거 전혀 예상 밖인데. 말하는 고양이는 내 평생 듣도 보도 못했는데 말이야.

힌체 우리 고양이들이 말할 줄 모른다 해서 강아지 정도밖에 안 된다는 건가?

고틀리프   그대들은 쥐나 잡는 줄 알았는데.

흰체   그건 그대 인간들이랑 지내면서 딱히 말할 필요
가 없었기 때문이지. 안 그랬으면 우린 모두 말
하고 지냈을 거야.

고틀리프   그래, 이제 알겠어! 그렇다면 왜 이제까지 말 못
한 체했나?

흰체   무책임한 일을 할 순 없지 않나. 소위 우리 동물
들이 모두 말을 한다면 세상 사는 재미가 있겠
나? 개를 보라고. 걔들은 모든 걸 할 필요도, 배
울 필요도 없으니 말이야! 또 말들이 말을 한다
면 얼마나 고생할까! 물론 자기가 잘난 줄 알고
본전을 다 드러내는 아둔한 동물들도 있지. 하지
만 우리 고양이들은 여전히 항상 가장 자유로운
족속들이지. 겉으론 멍청하게 보이지만 실상은
영리함을 가지고 인간들이 우리를 훈련시키는
걸 포기하게 만들기 때문이지.

고틀리프   그렇다면 왜 이런 걸 모두 다 나한테 얘기하는
거지?

흰체   왜냐하면 그대는 선하고 고귀한 인간이니까.
그대는 날 노예로 삼으려는 사람들과는 달리,

그런 걸 싫어하는 얼마 안 되는 사람 중 하나 아니겠나.

고틀리프 (악수를 청하며) 훌륭한 친구여!

힌체 인간들은 우리가 기분이 확실히 좋을 때 내는 '야옹' 소리가 그저 우리의 유일한 특징이라고 착각하면서 우리를 가끔 서툴게 쓰다듬고 있을 뿐이지. 우린 그저 두들겨 맞지만 않으려고 인간 주변을 어슬렁거릴 뿐이야. 하지만 인간들이 진심을 가지고 우리를 대한다면, 우리도 본디 선한 천성을 지녔다는 걸 알게 될 거야. 심지어 옆집 고양이 미헬은 왕을 위해 불구덩이에라도 뛰어들 각오가 되어있다고.

고틀리프 그 말이 맞아.

힌체 고틀리프, 난 그대를 누구보다도 좋아한다고. 내 털을 반대로 쓰다듬지도 않았고, 날 그냥 잠자도록 내버려 두었으니까. 또 그대는 형들이 무슨 번개 속 전기 현상을 관찰한답시고 야밤에 날 데리고 나가는 걸 막지 않았나. 내가 제대로 본 거지? 이러니 내가 그대에게 고마워할 수밖에.

고트리프 고결한 힌체여! 참으로 부당하게 인간들은 그대들을 업신여기면서 고양이의 충성심과 애착심을 의심했구나! 내가 새로 눈을 뜨게 되었네. 이렇게 예상치 못하게 사람의 앎이 늘어나다니!

피셔　여보게들, 이걸 보고도 가족극에 대해 아직 미련이 남아 있는 겐가?

로이트너　뭘, 아주 끝내주는데.

슐로서　꿈속에 있는 기분이야.

힌체　고틀리프, 그대는 훌륭한 사람이야. 그런데 솔직히 얘기하자면, 좀 약간 편협하고 모자란 구석도 있어. 가장 똑똑한 것도 아니고 말이야. 너무 나쁘게 받아들이진 말라고.

고틀리프　오, 주여. 이 무슨...

힌체　가령 그대는 지금 뭣부터 시작해야 할지를 모르지 않나.

고틀리프　그래, 맞아.

힌체　내 털가죽으로 토시를 만들면 어떨까?

고틀리프   친구여, 너무 맘에 담아두지 마시라고. 그 생각은 이미 지운지 오래야.

힌체   아니야. 지극히 인간적인 생각이지. 먹고 살 다른 방도는 있으신가?

고틀리프   전혀.

힌체   날 데리고 다니면서 사람들에게 보여주고 돈을 벌 수도 있어. 그런데 이건 생계를 유지하는 확실한 방법이 아니지.

고틀리프   맞아.

힌체   아마 그대는 자연 시인이 될 수도 있네. 그러나 그러기 위해서는 많이 배워야 해. 아니면 예술 저널에 글을 기고할 수도 있지. 하지만 이미 말했듯 그대는 그렇게 하기엔 엄청 똑똑하지도 않아. 그렇담 며칠이고 몇 년이고 기다리며 후일을 기약할 수밖에 없지. 새 빗자루가 잘 쓸리는 법이기도 하니 말이야. 하지만 이건 너무 막연한데.

고틀리프   글쎄 말이야.

힌체	내 그대를 좀 더 잘 돌보도록 하지. 날 통해서 그대가 더욱 행복해지리라 믿어보라고.
고틀리프	오, 고결한 최고의 남자여! (힌체를 부드럽게 포옹한다.)
힌체	하지만 또한 나를 신뢰해야만 해.
고틀리프	완전히 신뢰하지. 난 지금 그대의 충심을 익히 안다고.
힌체	자, 그럼 이제 내 맘을 맞춰주어야겠어. 곧바로 구두장이를 데려와 나한테 맞는 장화 한 켤레를 맞춰달라고.
고틀리프	구두장이? 장화를?
힌체	놀란 것도 무리가 아니지. 그대를 위해 일하기 위해선 여기저기를 걷고 뛰어다녀야 하니 장화를 필히 신어야 한다고.
고틀리프	그럼 그냥 신발은 안 되나?
힌체	고틀리프, 그대는 정말 세상 이치를 모르네. 장화를 신어야 품격과 매력, 한 마디로 남자다움이

드러나는 법이지. 그냥 신발만 신고서는 말짱 도루묵일 따름이야.

고틀리프 그럼 원하는 대로 하셔야지. 하지만 구두장이가 놀랄 텐데.

힌체 전혀. 고양이가 장화를 신는다는 게 뭔가 특별한 일인 것처럼 여길 하등의 이유가 없다고. 모름지기 사람은 모든 것에 익숙해지는 법이지.

고틀리프 그래. 그대 얘기를 듣다 보니 모든 게 이치에 닿네. 아, 한 가지 제안을 하고 싶은데. 우리 이제 좋은 친구가 되었으니, '그대'라고 부르지 말자꾸나. 왜 아직도 우리가 겉치레 말을 하고 있을까. 사랑으로 모든 신분은 평등하게 되지 않겠니?

힌체 당연히 그렇지.

고틀리프 마침 구두장이가 지나가네. 허, 라이히도른 대부시구나. 잠깐 얘기 좀 나누면 좋겠는데...

구두장이 (안으로 들어온다) 안녕하신가! 요즘 뭐 새로운 거 있나?

고틀리프	오랫동안 일감을 드리질 못했네요.
구두장이	그렇네. 그래서 그런지 이 대부는 지금 거의 할 일이 없네.
고틀리프	그래서 이번에 장화 한 켤레 주문하려고 하는데요.
구두장이	그냥 앉아계시게나. 내가 치수를 이미 가지고 있으니.
고틀리프	제가 아니라, 저기 제 젊은 친구 걸로 하려고요.
구두장이	저 친구 걸로? 좋지. (힌체가 걸상 위에 앉아 오른발을 내민다) 어떻게 해 드릴까요, 신사 양반?
힌체	먼저 밑창은 좋은 걸로 해 주시고요, 그다음으로 신발등은 갈색이고, 다른 것보다 튼튼한 걸로요.
구두장이	알겠습니다. (치수를 잰다) 발톱 좀 안으로 집어넣으시겠어요? 벌써 좀 긁혔네요.
힌체	그리고 빨리 되었으면 좋겠어요. (다리를 건드리니, 자기도 모르게 으르렁거린다)

구두장이　　　이 신사께선 꽤나 좋아하시는군.

고틀리프　　　네, 쾌활한 정신의 소유자죠. 학교 갓 졸업한 개
　　　　　　　　구쟁이예요.

구두장이　　　자, 그럼 잘 있게나. (퇴장한다)

고틀리프　　　면도도 좀 하지 그러니.

힌체　　　　절대 안 되지. 수염이 있어야 고귀한 자태가 드
　　　　　　　러나는 법이야. 넌 아마 알 거야. 우리 고양이들
　　　　　　　은 면도하면 남자답지 않다고 무시당한다고. 수
　　　　　　　염 없는 고양이는 가련한 피조물에 불과해.

고틀리프　　　인제 뭘 할 계획이니?

힌체　　　　넌 이미 눈치 챘을 거야. 지금 지붕 위에서 산보
　　　　　　　좀 하려고. 거기 탁 트인 전망이 아름답거든. 그
　　　　　　　리고 비둘기나 좀 잡든가 하려고.

고트리프　　　내 좋은 친구로서 한마디 하자면, 네가 거기라고
　　　　　　　잡히지 않을 거라 착각하지 마. 사람들은 대개
　　　　　　　이런 점에선 굉장히 비열하다고.

힌체　　　　걱정 마. 난 초짜가 아니라고. 그럼 안녕!
　　　　　　　(퇴장한다)

고틀리프	(홀로 중얼거린다) 자연사 책에서는 고양이를 믿을 수 없다고 하던데. 걔들은 사자 과에 속한다는데, 난 사자가 엄청나게 무섭거든. '고양이처럼 속이다'라는 말도 있지 않은가. 그래서 양심 없는 고양이라면 내 전 재산을 털어 주문한 장화를 신고 달아나 그걸 딴 데 팔아버릴 텐데. 아니면 구두장이 맘에 들게 돼서 그 밑에서 일을 하거나. 하지만 그에겐 이미 고양이 한 마리가 있잖아. 아냐, 힌체야. 형님이 날 속인 거야. 그러니 난 진심으로 해볼 거야. 걔는 정말 고귀하게 말하고, 또 감동적이잖아. 지금 저기 지붕 위에서 수염을 가다듬고 있군. 고귀한 친구여, 나를 용서해다오. 내 잠시나마 너의 큰 뜻을 의심했다오. (퇴장한다)
피셔	말도 안 돼!
뮐러	고양이가 폼 나게 걸으려고 장화를 필요로 하다니! 이런 엉터리가!
슐로서	고양이가 바로 내 앞에 있는 것처럼 생생하구먼.
로이트너	조용! 장면이 바뀌네!

1막 2장

궁전의 홀

왕관을 쓰고 왕홀을 든 왕과 그의 딸, 공주.

왕   소중한 내 딸아, 이미 수천 명의 멋진 왕자들이
        너에게 구애하며 네 발 앞에서 무릎을 꿇었건만,
        너는 그저 본체만체하는구나. 제발 이유를 좀 말
        해다오, 나의 보석아.

공주   친애하는 아바마마, 결혼이라는 코뚜레에 꿰일
        때 꿰이더라도, 저는 무엇보다 자신의 진심부
        터 확인해야 한다고 항상 믿어왔습니다. 사랑
        없는 결혼은 이 땅 위의 참된 지옥이라 하지 않
        사옵니까.

왕   그래, 네 말이 맞도다. 사랑스러운 공주여. 이 땅
        위의 지옥이라. 정말 기막힌 표현이구나! 아, 허
        나 모르는 게 약이라고, 차라리 왈가왈부하지 말

걸 그랬구나! 하지만 나의 보석아, 내 항상 그러했듯 네 어머니, 사랑하는 나의 왕비에 대해 다시 찬가를 불러야겠다. 아, 공주야. 보아라. 옛 나날들을 생각하니 또 눈물이 앞을 가리는구나. 네 어머니는 대단한 위엄을 지닌 참으로 훌륭한 왕비셨지. 하지만 내겐 평온을 허락하지 않으시는구나. 자, 이제 고귀한 조상님들 곁에서 영원한 안식을 취하기를!

공주   아버님, 너무 슬퍼하지 마옵소서.

왕   오, 내 아가야. 옛 기억만 나면 내 너에게 무릎을 꿇고 맹세하고픈 맘이다. 결혼할 땐 주의해야 한다. 흰 천과 신랑은 훤한 대낮에 사는 것이 아니라 하지 않더냐. 모든 처자들이 침실에 금박으로 새겨 걸어둘 숭고한 진리가 아니겠느냐. 내가 뭘로 이리 골치를 썩었던가. 하루도 다툼 없이 지낸 날이 없으니. 잠도 제대로 못 자고, 편히 국사에 전념하지도 못하고, 아무것도 제대로 숙고하지 못하고, 차분하게 신문도 못 읽고 말이다. 식탁에 놓인 최고급 고기 앞에서도, 건강에 제일 좋은 요리를 두고서도 난 모든 걸 진절머리 나도록 짜내야 했지. 다투고, 혼나고, 뾰로통해지고, 으르렁대고, 투덜대고, 원망하고, 찌푸리고, 꾸짖고, 물어뜯고, 반발하고, 불평하고, 그르렁대고 하면서 잔칫상 한복판에서 그냥 죽었으면 했지. 그러면서도 내 영혼은 항상 그대를 갈망했소, 영생의 클로틸데여. 내 눈을 찌르는구나. 난 정말이지 늙은 바보에 불과해.

공주   (다정하게) 아버님, 진정하세요.

왕   네게 닥쳐올 온갖 위험을 생각하니, 온몸이 부들부들 떨려오는구나. 내 딸아, 네가 정말 사랑에 **빠져** 허우적대기라도 한다면... 아, 얼마나 많은 현자들이 두꺼운 책들 속에 **빽빽**한 글씨로 사랑의 위험을 경고하려고 써 놓았는지 보아라. 서로 간의 사랑이란 모두를 불행하게 만들 수 있는 법이지. 가장 기쁘고 행복한 감정은 우리를 파멸에 **빠트릴** 수도 있는 법이란다. 사랑이란 일부러 우그러트린 사발과 같은 것이라, 거기서 우린 가끔 넥타[10] 대신 독을 마시지. 그렇게 되면 우린 온통 눈물바다에 살게 되고, 모든 희망과 위안이란 사라지게 되는 것이란다.
(나팔 소리가 들려온다.)
아직 식사 시간이 아니란 말인가? 네게 구애하려는 또 다른 왕자가 나타났나 보다.
조심하거라, 내 딸아! 넌 내 유일한 혈육이도다. 너의 행복이 또한 얼마나 큰 나의 행복인지 모르

---

10)   신들이 마시는 음료

느냐? (왕은 공주에게 키스하고 퇴장한다. 객석에선 박수갈채가 쏟아진다)

피셔   이건 건전한 인간 지성과 관련되는 광경이야.

슐로서   나 또한 감동하였네.

뮐러   탁월한 군주야.

피셔   그런데 굳이 왕관을 쓰고 등장할 필요는 없잖아.

슐로서   왕을 다정한 아버지로 그린 건 영 어울리지가 않는구먼.

공주   (홀로 읊조리며) 왜 아직 그 어떤 왕자도 사랑으로 내 맘을 울리지 못했는지 알수 없는 노릇이로구나. 아버님의 경고가 항상 기억에 남아 있어. 그분은 훌륭한 군주이시면서 또 좋은 아버지이셔. 그분이 계신 한 나의 행복은 변함없이 계속될 거야. 그분은 백성들의 사랑을 받으시고, 온갖 재능과 부를 가지고 계시지. 게다가 양과 같이 온순하셔. 하지만 이성을 잃으시고 갑자기 격분하시는 게 문제야. 행복과 불행은 이렇게 짝지어 가나 봐. 나의 기쁨은 학문과 예술이고, 책이야말로 내 행복의 원천이야.

공주와 궁정 학자 레안더.

공주　　　　궁정 학자, 마침 잘 오셨어요.

레안더　　　대왕마마의 분부를 받고 왔사옵니다.
　　　　　　　(자리에 앉는다)

공주　　　　이건 내가 〈밤의 생각〉이라고 이름 붙인 글이
　　　　　　　에요.

레안더　　　(읽고 나서) 대단하십니다! 재기발랄하군요! 아!
　　　　　　　마치 자정의 종소리가 울려 퍼지는 듯합니다. 언
　　　　　　　제 이걸 쓰셨습니까?

공주　　　　점심 먹고 어제 정오에요.

레안더　　　멋진 구상입니다. 정말 기막혀요! 단 한 말씀만
　　　　　　　감히 올리겠사옵니다. "흐린 달빛이 세상 속에
　　　　　　　비친다"고 하셨는데, 이걸 "세상 속으로"라고 하
　　　　　　　심이 어떠실는지요?

공주　　　　좋아요. 나중에 검토해 볼게요. 시를 그렇게 어
　　　　　　　렵게 만드는 건 아둔한 짓이에요. 문법 오류 하
　　　　　　　나 없이 한 줄이라도 나갈 수 있겠나요.

레안더   우리말 자체가 본디 그렇습니다.

공주   부드럽고 섬세하게 감정이 표현되지 않았나요?

레안더   오, 이루 말로 표현할 수 없을 경지입니다. 어떻게 말씀을 드려야 할까요? 이리도 섬세하고 사랑스레 전개되며, 이리도 순수하게 지어진 시라니요. 포플러 나무와 버들잎, 황금색 달빛에 이르기까지 모두 눈물지며, 출렁이는 냇물의 출렁이는 속삭임이라 할까요. 사람들은 이 연약한 여성적 정신이 어떻게 저런 위대한 사고의 수준에 도달했을까 하는 점을 두고 교회 묘지와 창백한 심야의 유령을 보고 까무러치듯 놀라워할 것입니다.

공주   이젠 고대 그리스의 운율로 지어볼 작정이에요. 낭만적 모호함을 벗어나 생생한 자연 묘사를 시도해 보고 싶네요.

레안더   필히 진전이 있으실 겁니다. 고수의 경지가 머지않았습니다.

공주   〈불행한 인간혐오자〉 혹은 〈잃어버린 평안과 다시 찾은 순결함〉이라는 희곡도 쓰기 시작했어요.

레안더   이미 제목만으로도 매혹적입니다.

공주   그리고 끔찍한 유령 이야기를 쓰려는 알 수 없는
내 안의 충동이 느껴지는군요. 그리고 앞서 지적
받은 대로, 문법만 틀리지 않으면 좋으련만!

레안더   괘념치 마시옵소서. 숭고한 것은 쉽사리 자신의
전모를 드러내지 않는 법이지요.

시종   (등장하며) 방금 도착한 말신키 왕자께서 폐하를
예방코자 합니다. (퇴장한다)

레안더   그럼 소인은 이만 물러나겠사옵니다. (퇴장한다)

말신키의 나타나엘 왕자와 왕이 등장한다.

왕   왕자여, 여기 내 딸이오. 친히 그대가 보듯, 천진
난만한 어린아이에 불과하오. (공주 곁으로 가서)
내 딸아, 그의 점잖고 공손한 행동거지를 보아
라. 과연 명망 높은 곳의 왕자 아니더냐. 우리 지
도에는 전혀 나와 있지 않은 먼 나라에서 왔다는
걸 내 이미 확인했지. 참으로 존경할만한 사나이
로다.

공주   만나 뵐 수 있게 되어 기쁘고 영광입니다.

나타나엘   아름다운 공주님, 공주님의 미모에 대해서는 온 세상천지에 소문이 자자한지라, 공주님을 직접 뵙고자 저 외진 구석에서 여기까지 오게 되었습니다.

왕   이 세상에 수많은 나라와 왕국들이 있다는 게 얼마나 놀라운 일인가! 이미 왕자들 수천 명이 내 딸에게 구애하기 위해 여기에 왔었다는 걸 믿지 못할 거요. 간혹 날씨가 화창할 때는 수십 명씩 오기도 하는데, 이제 그대가 오셨구려. 그런데 그대의 나라는 어느 지역에 있소? 용서하시오. 지리학이라는 게 워낙 광범위한 학문이다 보니...

나타나엘   친애하는 대왕마마, 여기에서 출발하셔서 먼저 큰 대로로 내려가서 우측으로 가다, 계속 쭉 직진하다 산 앞에서 다시 좌회전하면 바다에 도달하는데, 거기서 순풍을 받아 계속 북쪽으로 가면 큰 문제가 없을 경우 1년 반이면 저희 왕국에 도달하게 됩니다.

왕   매우 멀도다! 이건 궁정 학자를 시켜 정확히 알아봐야겠군. 그럼 그대는 아마도 북극이나 황도대(黃道帶)[11]에 이웃해 살겠구려?

---

11)   황도를 중심을 한 띠 모양의 천역 天域으로 태양, 달, 행성 등이 이 영역 안에서 운행함.

나타나엘   거기까진 잘 모르겠사옵니다.

왕   그럼 아마도 야만인들 접경에 사시겠구려?

나타나엘   송구하옵니다만, 제 백성들은 매우 온순하옵니다.

왕   허나 그대는 어마어마하게 먼 곳에서 사는 것이 분명하오. 난 이에 대해 여전히 제대로 알 수가 없구려.

나타나엘   아직도 저희 나라의 정확한 지형 조사는 잘 안 되어 있습니다. 전 매번 새로운 걸 알고 싶은데, 그게 순조롭게 이루어진다면 나중에 우린 쉽게 이웃이 될 수 있을 것입니다.

왕   참으로 좋소! 우리 사이에 몇몇 나라들이 끼어있다 하더라도, 새로운 걸 같이 발견할 수 있도록 그대를 돕겠소. 우린 이웃 나라들과 그리 친하지는 않지만, 거긴 토양이 비옥해서 나는 그 땅에 눈독을 들이고 있지. 우리가 먹는 건포도도 모두 거기서 수입해온 것이니까. 그런데 가만있자, 한 가지만 말해보오. 저 먼 나라에 사는데도 우리말을 어찌 그리 유창하게 하시오?

나타나엘   쉿!

왕   뭣이?

나타나엘   쉿! 조용하십시오!

왕   영문을 모르겠군.

나타나엘   (조용히 속삭인다) 그 말씀은 하지 마십시오. 그렇지 않으면 연극이 매우 어색하다는 걸 나중에 저 무대 아래 관객들이 알아챕니다.

왕   무슨 상관인가. 아까는 박수도 치던데. 나도 뭔가 보여줄 수 있고 말일세.

나타나엘   그건 제가 폐하 나라의 말로 얘기해야 극의 앞뒤가 제대로 맞기에 그런 것입니다. 안 그러면 연극을 이해할 수가 없게 되니까요.

왕   아, 그렇구려! 당연히 숙녀들과 극들도 앞뒤가 제대로 맞아야지.[12] 이 정도로 합시다. 자, 그럼 왕자여, 이리 오시오. 식사가 준비되었소!

---

12)   극 Drama의 앞뒤가 제대로 맞아야 한다는 나타나엘의 말에 대해 왕은 발음이 비슷한 숙녀들 Damen과 극들 Dramen이라는 - 별반 성공적이지 못한 - 말놀이를 하고 있다.

왕자가 공주를 데리고 사라지고, 왕이 앞으로 나온다.

피셔   저 빌어먹을 어색한 광경을 좀 보시오!

슐로서   게다가 왕은 완전히 자신의 배역에 충실하지도 않고 말이오.

로이트너   모순과 부자연스러움이 날 화딱지 나게 하는구먼. 왕자가 외국어로 조금 말할 수도 있잖아? 통역을 붙이면 되는 게고 말이야. 그리고 공주는 틀린 문법으로 시를 썼다고 토로해놓고도 왜 틀린 대사로 말하지 않나?

뮐러   암, 다 맞고 말고! 모든 게 완전히 엉터리야. 작가는 자기가 좀 전에 말한 걸 매번 잊고 있어.

1막 3장

여관 앞

벤치에 앉아 있는 로렌츠, 쿤츠, 미헬. 여관 주인장.

로렌츠   집까지 갈 길이 머니 이제 떠나야 하겠소.

주인장   낭신은 왕의 신민이오.

로렌츠   물론이오. 당신네들은 왕을 뭐라 부르시오?

주인장   '허깨비'라 칭하오.

로렌츠   바보 같은 명칭이군. 다른 이름은 없소?

주인장   칙령에 따르자면, 민중의 복리를 위해 '법'이 요청된다 하오. 그래서 난 이게 바로 그의 본래 이름이라고 여기오. 모든 청원서는 법에 의거해 제출되오. 그는 두려운 분이죠.

로렌츠 그래도 난 기꺼이 왕 아래 종속되겠소. 왕은 훌륭한 분이니 말이오. 허깨비는 자비롭지 못한 자요.

주인장 그가 특별히 자비롭지 않다는 건 아마 맞는 말일 게요. 허나 그는 또한 정의 그 자체이기도 하오. 가끔 외국에서조차 그에게 재판을 해 달라고 오기도 하오. 그러면 그는 그걸 해결해야 하죠.

로렌츠 사람들은 왕이 모든 동물로 변신하는 능력을 지녔다는 놀라운 사실을 얘기하더구려.

주인장 맞소. 그리고 가끔 암행하면서 백성들의 동정을 살피죠. 그래서 우린 낯선 고양이나 처음 보는 개를 신뢰하지 않소. 왜냐하면 우린 항상 우리들의 왕이 저 안에 숨어있다고 여기기 때문이오.

로렌츠 이럴 땐 왕관과 어의, 왕홀 없이는 궁전서 나오지 않는 우리 왕이 훨씬 낫구려. 수천 걸음 앞에서도 그를 알아볼 수 있으니. 자, 그럼 안녕히 계시오. (퇴장한다)

주인장 그는 지금쯤이면 벌써 자기 나라에 도착했겠네.

쿤츠 국경이 그리 가깝소?

주인장	물론이오. 거긴 나무 한 그루조차 모두 왕의 것이오. 여기선 저 나라에서 일어나는 모든 걸 볼 수 있죠. 여기 국경 덕에 내가 먹고사는 게요. 탈영병이 없었다면 난 이미 진즉 길가에 나 앉았을 게요. 거의 매일 몇 명씩 오니 말이오.
미헬	군대 생활이 그리 어렵나 보죠?
주인장	그렇지 않소. 허나 탈영은 쉽소. 그리고 탈영이 엄격히 금지되어 있기 때문에 오히려 더 짜릿한 즐거움을 만끽하고자 탈영하죠. 보시오, 저기 또 한 사람이 오는구려!
병사	(뛰어온다) 주인장, 맥주 하나 주쇼. 얼른요!
주인장	뉘시오?
병사	'탈영병'이오.
미헬	아마도 '아이에 대한 사랑으로' 도주했겠군.[13] 가련한 사람 같으니라고. 주인장, 어서 이 양반 주문받으시오.

---

13) 이는 1796년 베를린에서 초연된 연극 〈아이에 대한 사랑으로 도주한 탈영병 Ein Deserteur aus Kindesliebe〉을 티크가 패러디한 표현이다.

주인장	물론입죠. 돈만 있다면야 맥주는 얼마든지요. (주방으로 들어간다)

말을 타고 온 기마병 둘이 말에서 내린다.

첫째 기마병	꽤 멀리까지 왔군. 옆 양반, 미리 건배요!
병사	여기가 국경이오.
둘째 기마병	그래, 감사하게도 말이야! 이 녀석 때문에 우린 이제 계속해서 말달릴 필요가 없네. 주인장, 맥주 주시오!
주인장	(여러 잔을 들고 오며) 여기 있소, 군인 양반들. 갓 뽑아온 신선한 것들이요. 따스하게 제대로 데웠으니 마시기 좋을 겁니다.
첫째 기마병	여기 이보게! 그럼 건강을 위하여!
병사	고맙소. 난 그대들의 말을 잠시 돌보겠네.
둘째 기마병	이 녀석 도망가겠구먼! 국경이 너무 멀지 않으면 좋으련만. 안 그러면 그냥 헛수고라고.
첫째 기마병	자, 이제 우린 다시 또 가봐야겠소. 잘 지내쇼,

탈영병! 계속 잘 도망치쇼!

다시 말을 타고 그곳을 떠난다.

주인장   여기 계속 머물게요?

병사   아뇨, 계속 가야죠. 다시 저기 이웃 나라 대공께 거두어 주십사 청해야겠네요.

주인장   다시 탈영하거들랑 또 말해주쇼.

병사   물론이죠. 그럼 잘 계시오.

그들은 악수를 한 후, 병사와 손님들은 퇴장하고 수인은 주방으로 들어간다. 막이 내린다.

막간극

피셔   갈수록 점입가경이로군. 마지막 장면은 뭘 말하려고 하는 것이었소?

로이트너   아무것도 아니오. 말도 안 되는 거고 전혀 필요 없는 군더더기에 불과하오. 고양이는 아예 등장하질 않고, 확실히 고정된 시점도 없지 않소?

슐로서   내 생각도 그렇소. 마치 한잔하고 보는 기분이오.

뮐러   어느 시대를 배경으로 하는지도 모르겠소. 기마병은 명백히 지어낸 것이오.

슐로서   저런 걸로 한탄하면서 힘써 두들겨댈 필요는 없소. 저 연극으로 대체 뭘 한다는 건지 도통 알 수가 없구려.

피셔   전혀 애착이 가지를 않소! 감동도, 환상도 없다니!

로이트너   다시 뭔가 이상한 게 등장한다면, 내 몸소 두들 겨대며 야유를 하겠소.

비제너   (이웃에게) 난 이제 저 연극이 맘에 드오.

이웃   아주 좋구려. 정말 좋아요. 저 위대한 작가는 마 술피리를 잘 모방했어요.

비제너   기마병이 특히 맘에 드는군요. 사람들은 좀처럼 말을 무대 위에 올리는 수고를 감수하려 들지 않 죠. 그런데 안 될 이유가 뭣이오? 가끔 말은 인간 보다 똑똑하지요. 난 요즘 연극선 차라리 평범한 인간보다 좋은 말들을 무대에서 봤으면 좋겠소.

이웃   코체부에게선 흑인이오. 말이란 결국 흑인의 다 른 종류에 불과하죠.

비제너   기마병들이 어느 연대 소속인지 아시오?

이웃   그리 자세히 보지는 못했소. 그들이 무대에 잠시 만 등장한 게 아쉽군요. 진짜 기마병을 주제로 한 공연을 봤으면 좋으련만. 난 기병대를 좋아하 거든요.

로이트너   (뵈티허에게) 당신은 이 모든 것에 대해 어떻게 생각하십니까?

뵈티허 난 고양이 역을 하는 배우의 탁월한 연기만을 항시 염두에 두고 있소. 얼마나 배역 공부를 했고, 어떤 섬세함으로, 어떤 시각으로, 어떤 분장을 하고 있느냐 같은 것들이죠!

슐로서 맞아요. 배우가 큰 고양이처럼 자연스레 보이더군요.

뵈티허 그리고 그의 가면 전체를 눈여겨보십시오. 난 차라리 그걸 복장이라고 부르고 싶소. 그 모습이 하도 자연스러워 내가 이리 표현하는 것도 무리가 아니라고 보오. 옛 고대인들에게 신께서 축복을 내리시기를! 아테네우스나 폴룩스, 혹은 다른 저작에서 그렇듯, 고대인들은 예외 없이 가면을 쓰고 연기했다는 사실은 아마 모르셨을 겁니다. 이런 사실을 정확히 알기는 어렵죠. 관련 문헌을 직접 뒤져봐야 하니까요. 하지만 한번 알기만 하면 이후에는 이젠 나열만 하면 되죠. 파우사니아스에서는 어려운 구절이 하나 있는데...[14]

피셔 고양이에 대해서 말씀하시는 것이 좋겠습니다만.

---

14) 아테네우스, 폴룩스, 파우사니아스는 기원전 2세기의 그리스 작가들. 이 구절에서는 뵈티허의 현학을 풍자하고 있다.

뵈티허   아, 예. 전 예전 것들과 관련해 단지 지나가는 말
로 언급하려던 겁니다. 그러니 이건 그저 참고
정도로 삼아 주십시오. 자, 그럼 다시 고양이로
돌아와서, 그게 검다는 걸 알아채셨나요? 아뇨,
실상은 정반대입니다. 본디 수고양이엔 흰 바탕
에 검은 얼룩 몇 개가 찍혀 있습니다. 이건 녀석
의 온순함을 잘 보여주지요. 이런 겉모습만 보고
서도 극 전체의 진행과 관객을 울리는 감동을 미
리 알 수 있는 법입니다.

피셔   막이 다시 오릅니다!

2막 1장

농부의 방

고틀리프와 힌체가 작은 식탁 앞에 앉아 식사한다.

고틀리프   맛있니?

힌체   꽤 괜찮네. 좋아.

고틀리프   난 이제 곧 내 운명을 결정해야 해. 그렇지 않으면 어디서부터 시작해야 할지 갈피를 잡지 못할 테니 말이야.

힌체   며칠만 좀 더 참고 기다려 봐. 행운이 자라나는 덴 시간이 걸리는 법이니까. 어느 누가 그리 단번에 행운을 잡을 수 있겠나! 친구여, 그런 건 그저 책에서나 나오는 이야기라고. 실제 세상에서의 일이란 게 그렇게 번갯불에 콩 볶아 먹듯 일어나는 게 아니란 말이야.

피셔 고양이가 감히 실제 세상에 대해 논하는 걸 다 들어보다니! 난 이제 정말 집에 가야 할 판이오. 안 그러면 미쳐버릴게요.

로이트너 작가가 노린 게 바로 그것 같군요.

뮐러 고백컨대, 미친다는 건 예술을 탁월하게 향유한다는 말과 동의어라고요.

슐로서 그것 참 고약한 견해로군요. 예술적 향유란 단지 희희낙락하며 상상의 세계 속에 존재하는 차원만을 가리키는 게 아닙니다. 진정한 예술적 향유란 관객을 환상의 희망으로부터 떼어놓는 겁니다. 그들을 몽상가이기는 하되, 적어도 농부들처럼 우리 일상 세계의 법칙을 거역하지는 않는 이로 취급하는 거라고요!

고틀리프 사랑스런 힌체야, 네가 어디서 그렇게 많은 걸 겪으며 분별력을 갖추게 되었는지 참 궁금하구나.

힌체 하루 종일 눈을 꼭 감은 채 화덕 아래 앉아 있기만 하면 돼. 믿을 수 있니? 난 항상 그렇게 조용히 학습만을 해왔단다. 지성의 힘이란 이렇게 은연중에 부지불식간에 자라는 거야. 그러다 가끔 목을 쭉 빼서 한적한 길거리를 둘러보는 재미를 갖는 와중에 진전을 보게 되는 거지. 자, 그럼 이제 내 목에 두른 냅킨 좀 풀어주겠니?

고틀리프 (냅킨을 풀며) 잘 먹었다!
(서로 입맞춤한다) 정말 사랑스럽구나.

힌체 정말 너무 고마워.

고틀리프 장화가 참 이쁘네. 그리고 네 작은 발은 매력적이야.

힌체 우리 종족들은 항상 발끝으로 걷기 때문에 그런 거야. 네가 자연사 책에서 본 것처럼 말이야.

고틀리프 그런데도 장화를 신는다니. 네가 참 존경스럽구나.

힌체 (배낭을 메며) 인제 그만 가봐야겠어. 보라고, 줄 하나만 가지고 괜찮은 자루를 만들었잖니.

고틀리프 그걸로 뭘 하려고?

힌체 사냥꾼이 되어 보려고. 두고 봐. 그런데 내 지팡이가 어디 있지?

고틀리프　　　여기 있어.

힌체　　　그럼 잘 지내. (퇴장한다)

고틀리프　　　사냥꾼이라고? 무슨 말인지 통 모르겠네. (퇴장)

2막 2장

평원

힌체 (지팡이, 배낭, 자루를 지닌 채) 기막힌 날씨로다! 이렇게 아름답고 따스한 날이니, 좀 있다 일광욕을 좀 해야겠어. (자루를 내려놓는다) 자, 행운이여, 내게 머물러 다오! 이 까탈스러운 여신께서 의도하시는 것처럼, 필멸자들의 지성을 수포로 만들려고 항시 계획하고 계시리란 걸 걱정만 하고 있다면, 난 모든 용기를 잃어버리겠지. 하지만 진정하라, 내 마음이여. 한 왕국을 세우기 위해 땀 흘리며 진력하는 노고엔 이미 그만큼의 가치가 있는 법일지니! 근방에 개만 없다면 좋으련만. 난 이 피조물이 내 눈앞에 있는 걸 견딜 수가 없어. 난 인간 앞에서 기꺼이 꼬랑지를 흔들며 가장 비천한 노예 상태임에 만족해하는 이 족속들을 경멸한다고. 얘들은 아양 떨거나 물어뜯는 것 외에 할 줄 아는 게 하나도 없지. 관계 속에서 필수적인 교양이란 건 전혀 없이 말이야. 근데 이러다간 사냥을 하나도 못 하겠네.

사냥꾼의 노래를 부르기 시작한다. '들판에서 나는 조용하고 대담하게 살금살금 다가오네' 등등. 인접한 수풀 속에서 종달새 한 마리가 소리 높여 노래 부르기 시작한다.

힌체   노래를 참 잘 부르는구나, 숲속의 가수여. 얼마나 맛날꼬! 대지의 거인들은 종달새와 도마뱀을 맘껏 잡아먹을 수 있으니 참으로 행복할 거야. 우리 가련한 중생들은 그저 노랫소리나 아름다운 자연, 저 지극히 달콤한 화음에 만족할 수밖에 없지. 저걸 잡아먹는 즐거움 없이 그저 노래만 듣고 있을 수밖에 없다는 건 참으로 고약한 일이야. 자연이여! 자연이여! 너는 왜 내게 음악에 대한 취향을 이리도 대책 없이 갖추게 해서 섬세한 감각을 지닌 나를 괴롭히느뇨? 에이, 장화를 벗고 저기 나무에나 기어 올라가면 좀 기분 전환이 되겠지. 거기 녀석들이 있으니 말이야.

객석에서 두들겨대는 소리가 들린다.

힌체   종달새들은 좋은 천성을 지니고 있어. 이전에 난 얘네들이 폭풍우와 악천후 속에서 가장 즐겨 노래한다는 걸 액면 그대로 믿으려 하지 않았지만, 이젠 그게 진실이란 걸 알게 되었어. 그래! 숨넘어가도록 노래하고 지저귀려무나! 그럼 아주 맛날 거야. 아이고, 그런데 이런 달콤한 꿈을 꾸느라 사냥하는 걸 깜빡 잊고 있었네. 정말 하나도 잡히질 않는군. 그런데 저기 누가 오고 있나?

두 연인이 등장한다.

그	자기야, 종달새 소리 들리니?
그녀	자기야, 나 귀먹지 않았어.
그	모든 조화로운 자연이 내 주위를 둘러싸고 있는 것을 보며, 모든 소리가 오직 나의 사랑 고백을 반복하고 모든 하늘이 내게 그 창공의 기운을 쏟아부을 때, 내 마음은 얼마나 황홀함으로 가득 차는가!
그녀	내 사랑이여, 그대는 몽상에 빠졌어요.
그	내 마음 속 가장 자연스러운 감정을 몽상이라 하지 마오. (무릎을 꿇으며) 맑은 창공의 면전에서 내 여기 그대에게 맹세하오.
힌체	(공손히 등장하며) 실례합니다. 혹시 다른 방향으로 가 주지 않으시렵니까? 여러분들의 행복스러

운 합일이 유감스럽게도 저의 사냥을 방해하고
있습니다만.

그　　　　태양은 나의 증인일지언저. 대지와 그 모든 것도
마찬가지이도다. 그대는 내게 대지와 태양과 모
든 별들보다 훨씬 소중하오. 아 참, 방금 뭐라고
하셨는지요?

힌체　　　사냥한다 했습니다. 다른 곳으로 좀 부탁드립
니다.

그녀　　　이런 야만적인. 감히 사랑의 서약을 방해하는 넌
누구냐? 여자의 몸에서 나온 것도 아닌 게. 넌 인
류에 속하지 않는 존재야.

힌체　　　그렇게 생각을 하시든 말든.

그녀　　　조금만 기다리라고. 내 사랑이 무릎을 꿇은 채
무아지경에 빠져 있는 모습을 빤히 보면서도
말이야.

그　　　　그대는 나를 믿소?

그녀　　　아! 그대가 말을 꺼내자마자 나 그대를 이미 믿
지 않았나요? (그를 향해 사랑스레 수그리며) 소중

한 이여! 나 그대를 사랑해요! 오, 이루 말로 표현할 수가 없네요.

그   난 지금 미쳤는가? 오, 내가 제정신이라면, 왜 나는 가련하고 경멸받는 자에 불과할 뿐 엄청난 기쁨은 왜 나의 것이 아닌가? 나의 존재는 더 이상 대지 위에 있지 않소. 오, 소중한 이여. 날 똑바로 보시오. 그리고 내가 저 위 불멸의 태양 한가운데서 헤매고 있는지 아닌지를 말해주시오.

그녀   내 품 안에 그대가 있어요. 그리고 난 그대를 다시는 놓아주지 않을 거예요.

그   오, 이리 와보시오. 이 평원은 나의 감정을 담기엔 너무 좁소. 우리는 가장 높은 산을 올라야만 하오. 우리가 얼마나 행복한지 전 자연에 대고 얘기하기 위해 말이오!

완전히 도취된 상태에서 신속히 퇴장한다. 객석에선 큰 박수 소리와 브라보 외침.

비제너   (박수치며) 남자 배우의 연기가 기가 막히는구려. 아, 그녀가 그에게 다가가는 장면에선 한 방 맞은 느낌까지 들었지 뭐요.

이웃	기쁨으로 자제를 할 수 없을 지경이로구려.
비제너	난 항상 그렇소.
피셔	아, 심금을 울리는 장면이오! 보면 볼수록 대단하오!
로이트너	장면에 걸맞는 정말 아름다운 대사요.
뮐러	하지만 저런 장면이 전체적으로 봐서 필요할까요?
슐로서	난 전체에 신경 쓰지 않소. 울고 싶은 장면이면 우는 거고, 그럼 된 거죠. 저건 신성한 장면이었소.
힌체	오, 사랑이여. 너의 목소리는 악천후를 잠재우고, 소란을 피우는 관객들을 진정시키며, 비판적인 관객들의 마음을 돌려 그들의 분노와 모든 교양을 다 잊게 할 정도로 너는 얼마나 강력한 것이냐. 흠, 한 마리도 잡히질 않는군. (토끼 한 마리가 자루 속으로 슬며시 기어들어 간다. 힌체가 재빨리 뛰어들어 자루를 꽁꽁 싸맨다.) 보라, 좋은 친구여! 이 사냥감은 내 조카뻘 되는 종이지. 그래, 이게 바로 요즘 세상이 돌아가는

방식이지. 혈육이 혈육에게, 형제가 형제에게 대항해서 말이야. 세상을 살아나가려면 다른 이를 제치는 수밖에.

(토끼를 자루에서 집어내 배낭 속에 집어넣는다)

잠깐! 잠깐! 이 사냥감을 잡아먹지 않도록 진심으로 자제해야겠어. 내 본능을 억제하기 위해 배낭을 졸라매야겠다. 휴, 힌체야, 부끄러운 줄 알라고! 동료 피조물들의 행복을 위해 자신의 욕망을 희생하는 게 고귀한 자의 의무가 아닌가? 이야말로 우리가 창조된 최종 목적이야. 아, 이걸 할 수 없는 사람은 애초에 태어나지 않는 게 훨씬 나을 거야.

힌체가 퇴장하려 할 때 관객들 모두 큰 박수를 치며 '다 카포'를 외친다. 힌체는 마지막 미사여구를 다시 한 번 반복하고 인사를 한 뒤 토끼를 들고 퇴장한다.

피셔   오, 이 얼마나 고귀한 자인가!

뮐러   이 얼마나 아름답고 인간다운 신념인고!

슐로서   이런 식으로 사람은 개선될 수 있지요. 하지만 우스꽝스러운 장면에선 곧바로 한 방 먹이고 싶은 마음이기도 하오.

로이트너 나 또한 아주 보는 게 고역이었소. 종달새, 연인들, 마지막 장광설 등등... 하지만 정말 아름다운 대목도 있군요!

2막 3장

궁정의 홀

공식 접견. 예복 차림의 공주, 나타나엘 왕자, 요리사.

왕 (왕좌에 앉아서) 요리사, 여길세. 이제 묻고 답할 시간이야. 이 사안은 내 친히 조사하겠네.

요리사 (무릎을 꿇으며) 소인, 분부를 받들겠사옵나이다.

왕 이보게, 나라 전체와 수많은 백성들의 안녕이 달린 이 왕의 심기가 항상 편해야 한다는 걸 사람들은 잘 모르는 것 같네. 왕은 심기가 불편하면 쉽게 비정한 폭군이 되네. 편안한 심기는 즐거움이 되고, 즐거움은 인간을 선하게 만들기 때문이지. 모든 철학자들이 그렇게 언급하고 있네. 반대로 우울함은 악덕을 낳는다는 걸 유의해야 하지. 그러니 내 묻겠는데, 군주의 심기를 좌우하는 데 요리사만큼 가까이서 막강한 영향력을 가진 이가 또 어디 있겠는가? 토끼가 그리도 잡기 어려운 동물이었는가? 그렇다는 사람이 있다면, 그는 자기 영혼의 가장 큰 순진무구함을 잃어버렸다고 하지 않을 수 없네. 토끼고기를 한번 먹는다면, 내 지긋지긋함은 싹 사라지고 내 나라는 행복해질 거야. 그런데 이 토끼가 없다니! 맨날 돼지고기, 허구한 날 돼지, 돼지... 아휴, 이젠 아주 넌덜머리가 나!

요리사 폐하, 노여움을 거두시고 소인만을 탓하지 마소서. 하늘에 맹세컨대 소인, 그 작은 하얀 미물을 찾기 위해 갖은 노력을 다하면서 어떤 대가를 치르더라도 장만하려 했사오나, 도저히 할 수가 없사옵니다. 토끼 한 마리 가지고서 폐하에 대한 소인의 사랑을 의심하시렵니까?

왕 말만 번드르르하기는... 바로 주방으로 가서 네가 왕을 사랑한다는 걸 행동으로 입증하여라!
(요리사 퇴장한다)
내 이제 그대 왕자께 얘기하겠소. 너 공주도 듣거라. 친애하는 왕자여, 난 내 딸이 그대를 사랑하지 않고 또 사랑할 수도 없다는 걸 알게 되었소. 그 애는 아직 생각이 얕고 지성이 여물지 않은 소녀에 불과하오. 하지만 거기엔 이유가 있을 것이기에, 그 애를 충분히 이해하긴 하오. 그 애는 내게 걱정과 번민, 근심과 우려를 자아내오.
내가 죽고 난 뒤 그 애가 어찌 될 것인지를 생각
하면 이 늙은 눈은 매번 눈물로 홍수를 이루오.
가만 앉아 있거라! 기회가 주어지면 꼭 잡으라고
내 수천 번도 더 이르지 않았더냐! 그걸 매번 귓
등으로만 흘리더니만, 인제야 좀 철이 들어 느끼
는 게 있나 보오.

공주   아버님!

왕   (울고 흐느끼며) 가거라, 이 은혜를 모르는 불충한
것아. 아! 너의 배은망덕은 내 백발을 곧바로 이
른 무덤 속에 뉘게 하는구나! (왕좌에 털썩 주저앉
아 어의로 얼굴을 가리고 애처롭게 운다)

피셔   왕은 한순간도 왕답게 등장하지를 않는구먼.

시종   (등장하며) 폐하, 밖의 어느 낯선 이가 폐하를 알
현코자 하옵니다.

왕   (훌쩍이며) 누구인고?

시종   답변을 드리지 못해 죄송합니다. 폐하. 길고도
흰 수염으로 보아 노인인 듯한데, 털로 뒤덮인
얼굴은 이 추측을 더욱 뒷받침하는 것으로 보이

옵니다. 하오나 원기 왕성한 청년의 눈빛과 어떤 일이건 떠맡을 만한 든든한 등짝은 앞서 추측이 틀렸다는 걸 보여주옵니다. 고급 장화를 신은 것으로 보아 부자로 보이고, 외양을 보아하니 사냥꾼으로 여겨지옵니다.

왕   들라 해라. 궁금하니 한번 보고 싶구나.

시종 퇴장함과 동시에 힌체가 등장한다.

힌체   소인, 카라바스 공작이 폐하께 토끼를 바치도록 윤허해주시옵소서.

왕   (몹시 기뻐하며) 토끼라고? 너희들 들었느냐? 오, 운명이 나를 버리지 않았구나! 토끼라 하였느냐?

힌체   (토끼를 배낭에서 꺼내며) 폐하, 여기 있사옵니다.

왕   자, 왕자. 잠시 왕홀을 좀 맡아주시오. (토끼를 만져보며) 튼실하구나! 참으로 토실토실하구나! 무슨 공작이라 하였소?

힌체   카라바스이옵니다.

왕   오, 참으로 훌륭한 사람임에 틀림없군. 좀 더 알
            아봐야겠어. 이 이가 누군지 아는 사람 있느냐?
            왜 그간 나타나지 않았는고? 이런 인재를 쓰지
            않는다면 우리 국가에 얼마나 큰 손실인가! 기
            쁨에 눈물이 나올 지경인고. 토끼를 가져오너라!
            시종, 이걸 곧바로 요리사에게 갖다주거라! (이
            를 받고 시종 퇴장한다)

나타나엘   폐하, 그럼 이만 소인은 물러나겠사옵니다.

왕   오, 이 기쁨을 곧바로 잊으면 안 될 텐데. 아 참,
            왕자, 그럼 계속 잘 지내시오. 그래, 다른 더 좋은
            기회가 있을게요. 그럼 귀향길 잘 살펴 가시오.

나타나엘이 왕의 손에 입 맞추고 퇴장한다.

왕   (외친다) 여봐라! 역사가를 들라 하라!

역사가 등장한다.

왕   어서 오시오, 친구여. 여기 우리의 세계사를 위
            한 소재가 생겼소. 기록할 책을 지참했소?

역사가   예, 폐하.

왕	몇 월 며칠에 (며칠인지는 공연 당일 날짜로 말할 것) 카라바스 공작이 아주 진귀한 토끼를 선물로 바쳤다고 곧바로 쓰시오.

역사가 (앉아서 쓴다)

왕 오늘 날짜를 써넣는 걸 잊지 마시오. 내 돌볼 일이 하도 많아서, 써놓지 않으면 모든 게 뒤죽박죽이 될 터요. (나팔 소리) 아, 식사 시간이 끝났군. 내 딸아, 이리 오너라. 울지 말아라. 그 왕자 말고 다른 사람도 많단다. 사냥꾼, 노고에 감사하오. 식사 후에도 우리와 함께하겠소?

공주 퇴장하고 힌체 그 뒤를 따른다.

로이트너 더 이상 참을 수가 없구려! 자기 딸에게 그렇게 상냥하고 우리 모두를 감동시켰던 그 아버지는 이제 대체 어디에 있는 것이오?

피셔 날 그저 화나게 하는 건 이 연극에서 어떤 사람도 고양이에 대해 놀라워하지 않는다는 게요. 왕을 비롯해 모든 등장인물은 그렇게 해야만 하기 때문에 마지못해 행동한다는 식이오.

슐로서 이 놀라운 것들 때문에 머리가 빙글빙글 도는구려.

2막 4장

궁정의 식당

성대하게 차려진 만찬. 북과 트럼펫 연주 아래 왕, 공주, 레안더, 힌체, 몇몇 귀빈, 어릿광대, 시종이 등장한다.

왕   앉읍시다. 스프가 식겠소. 사냥꾼도 대접하고 있느냐?

시종   예, 전하. 작은 식탁에서 어릿광대와 함께 식사할 것이옵니다.

어릿광대   (힌체에게) 앉읍시다. 스프가 식겠소.

힌체   저는 어느 분과 함께 식사하는 영광을 누려야 할까요?

어릿광대   사냥꾼 선생, 이리 오시오. 사람 사는 건 다 거기서 거기고, 한번 발을 담근 냇가에 다시 발을 담

글 수는 없지요. 저는 추방당한 가련한 피난민에 불과합니다.[15] 옛날 한때는 재밌는 사람이라는 소리를 듣긴 했지만, 이후엔 아둔하고 취향이 저급이며 점잖지 못하다고, 지금은 다시 그럭저럭 흥미롭다고 보아주는 어느 다른 나라에서 다시 일하고 있는 사람이죠.

힌체   그래요? 본디 어느 나라 사람이신지요?

어릿광대   유감스럽게도 독일인입니다. 한동안 우리나라 사람들은 모든 흥겨움을 금지하고 처벌할 정도였죠. 사람들은 그저 저를 보기만 해도 천하고 상스러우며 비열하다는 식의 참기 힘든 역겨운 딱지를 붙였어요. 어릿광대라는 저의 명예로운 이름은 하나의 욕설로 땅바닥에 내팽개쳐져 버렸죠. 오, 고귀한 영혼이여! 눈물은 그대의 눈을 가리고, 고통으로 그대는 신음하도다. 아니, 고기 구운 내가 그대의 코를 찌르는구나. 감성으로 충만한 친애하는 이여, 이전에 날 보고 흥겨움에 웃었던 이는 나처럼 박해받을 것이며, 난 아마도 다시 추방되어 떠돌아야 할 것이오.

힌체   가련한 사람이여!

---

15)   독일 계몽주의 문학 이론가인 요한 크리스토프 고췌트(Johann Christoph Gottsched, 1700-66)가 자신의 회곡론에서 극에서 어릿광대를 더 이상 등장시키지 말아야 한다는 주장을 빗댄 것이다.

어릿광대   사냥꾼 선생, 세상에는 놀라운 일들이 많이 있
소. 요리사는 식탐으로 먹고살고, 재단사는 허영
심으로, 나는 사람들의 웃음으로 먹고살죠. 사람
들이 더 이상 웃지 않는다면 난 굶어 죽을 것이
오.

힌체   난 채소를 먹지 않소.

어릿광대   왜요? 그러지 말고 어서 집으시오.

힌체   분명히 말하지만, 내 입엔 양배추가 맞질 않소.

어릿광대   난 맛있기만 하던데... 그건 그렇고, 이리 손
좀 내밀어 보시오. 좀 더 가까이서 그대를 알
고 싶소.

힌체   여기 있소.

객석에서 '어릿광대! 어릿광대!'라는 웅성거림이 인다.

어릿광대   평범한 한 독일 소시민의 손을 잡아보자꾸나. 수
많은 우리나라 사람들처럼 난 독일인인 게 부끄
럽지 않아.
(고양이의 손을 세게 잡고 악수한다)

힌체	아이고, 아프단 말야! (소리 지르고 저항하면서 어릿광대를 긁는다)
어릿광대	아이고 아파라! 사냥꾼아, 악마가 널 괴롭히더냐? (일어나서 울면서 왕에게 간다) 폐하, 사냥꾼은 믿을 수 없는 자이옵니다. 그가 제게 어떻게 그의 다섯 손가락의 흔적을 남겼는지를 보십시오.
왕	(밥 먹으며) 놀랍도다. 자, 이제 다시 앉거라. 그와 좋은 친구로 남으려면 앞으로는 장갑을 끼도록 하여라. 사람은 매번 끼니마다 먹는 법을 알아야 하고, 매번 여러 다른 친구들을 다루는 법을 알아야 하느니라. 잠깐! 사냥꾼 배후에 뭔가 특별한 게 있다는 생각이 방금 드는구나. 봐라! 보란 말이다! 그는 프리메이슨이다. 네가 거기 단원인지 알아보기 위해 네 손에 그저 표식을 남기려고 했던 게다.
어릿광대	사람들보고 널 조심하라 해야겠어.
힌체	왜 내 손을 그렇게 꽉 잡는 거야? 저거 귀신이 안 잡아가나!
어릿광대	넌 마치 고양이처럼 긁어대는구나.

힌체가 음흉하게 웃는다.

왕	오늘 대체 뭔 일인고? 왜 이성적인 대화가 이루어지지 않는 것인가? 정신의 자양분이 없는 곳에선 밥맛도 없는 법일세. 궁정 학자, 오늘 뭔가 좋은 생각 떠오르는 게 있는가?
레안더	(밥 먹으며) 저는 폐하의 명을 받들어...
왕	태양과 지구가 얼마나 떨어져 있는가?
레안더	15도 경도에서 측정했을 때, 이십만칠십오와 사분의 일 마일이옵니다.
왕	이 행성들이 한 바퀴 도는 길이는 얼마인고?
레안더	각 행성이 도는 길이를 모두 합산하면 십억 마일이 넘사옵니다.
왕	십억 마일이라고! 수천도 아니고 거기에 백만을 곱한 수라니! 정말 놀라운 범위로구나! 내 수백만이나 수백 조 같은 큰 숫자를 좋아하긴 해도, 십억은 좀 많구나.
레안더	인간 정신은 숫자로 자라나는 법이옵니다.

왕	그럼 항성, 은하수, 도깨비 모자, 그리고 모든 잡동사니를 더한 세상의 크기는 얼마인지를 한번 말해보아라.
레안더	그건 도저히 말할 수 없사옵니다.
왕	말해야 하노라. 안 그러면... (왕홀로 위협한다)
레안더	백만을 하나로 환산해서 계산하면, 대략 수백만 조의 열 곱절에 백만을 다시 곱한 것이라 할 수 있사옵니다.
왕	이 봐라, 생각해 봐라! 세상이 그렇게 크다고 치면, 정신이 어떻게 그걸 감당한단 말인가!
어릿광대	폐하, 이는 모종의 오묘하고도 숭고한 차원이옵니다. 소인은 머리보다는 배를 통해 이를 아옵니다. 소인에겐 밥공기가 더욱 숭고합니다.
왕	어릿광대여, 왜 그러한가?
어릿광대	가장 큰 숫자는 종국에는 다시 가장 작은 숫자가 되기 때문에, 그런 어마어마한 숫자는 헤아릴 수 없사옵니다. 사람은 존재할 수 있는 숫자만 헤아릴 수 있을 따름이옵죠. 다섯까지만 세는 데에도

우리는 쩔쩔매지 않사옵니까.

왕   그래, 뭔가 맞는 것 같군. 어릿광대의 생각이 참신해. 궁정 학자여, 세상엔 얼마나 많은 숫자가 있는가?

레안더   무한히 많이 있사옵니다.

왕   가장 큰 숫자가 무엇인지 당장 말해보아라.

레안더   그건 말할 수 없사옵니다. 왜냐하면 가장 높다고 여겼던 숫자에 매번 항상 그보다 더 높은 숫자가 따라붙을 수 있기 때문입니다. 이처럼 인간 정신엔 한계가 없사옵니다.

왕   인간 정신이란 참으로 놀라운 것이로구나.

힌체   어릿광대 일도 참 고역이겠구나.

어릿광대   뭘 새삼스레. 동종업계 종사자가 너무 많으니 난들 어쩌겠어.

왕   그리고 지구가 항상 둥글게 돈다 했는데, 그럼 술 취한 사람처럼 비틀거린단 말이냐?

레안더   본디 그렇지는 않사옵고, 왈츠를 추는 사람처럼 돕니다.

왕   그렇다면 원형이란 말이냐?

레안더   그렇사옵니다. 하여 우리 아래 사는 사람들은 우리와 발을 맞닿은 채 거꾸로 서 있사옵니다. 우리에게 북극이 저들에겐 남극인 것처럼, 우리와 저들은 서로 대척점에 놓여 있사옵나이다.

왕   우리라고? 나도 말인가?

레안더   물론이옵니다.

왕   하지만 난 사절하겠네. 저 자는 내가 망하기를 바라는 게 아닌가? 저런 자들은 기꺼이 왕에게도 대항하는 대척점이 되려 하겠지. 허나 난 무굴 제국 황제의 대척점이라도 기꺼이 될 용의가 있다고. 내가 가끔 자기의 토론 상대가 되어 주니 이젠 만만하다고 여기는 거 같은데 말이야. 그래, 양 노릇을 하면 결국 늑대한테 잡아먹히는 법이지. 저런 학자들이 너무 많아지면 곤란해. 안 그러면 저자들은 옥석을 가리지 않고 통치자를 저 대척점 아래로 내던져버리기를 서슴지 않을 테니 말이다. 그런 일은 결코 다시 일어나면 안 되지!

레안더   폐하께서 분부하신 대로 하겠사옵니다.

왕   내 너무 한 가지에만 몰두하면 안 되겠구나. 여봐라, 내 현미경을 대령하라!

(레안더 퇴장한다)

여러분, 제가 작은 사물들을 예배드리는 마음으로 관찰하고, 또한 벌레가 얼마나 크게 확대되고 구더기나 파리가 얼마나 희한한 모양새이며, 그것들이 찬연함에서 얼마나 왕에 필적할만한지를 볼 때, 제 마음은 충만해지고 고양된다는 걸 말씀드려야만 하겠습니다.

(레안더 다시 등장한다)

어서 대령하라! 뭔가 관찰할 만한 모기나 벌레들은 없느냐?

어릿광대   개똥도 약에 쓰려면 없다 하오니, 평소엔 도처에 널려있사오나 정신의 발전을 위해 막상 찾으려니 여의치가 않사옵니다. 하여 폐하께 감히 제안드리는 바, 저 낯선 사냥꾼의 이상한 수염을 뽑아 한번 관찰하심이 어떠실는지요?

왕   보라, 오늘은 어릿광대의 일진이 좋나 보다. 탁월한 생각이야! 사냥꾼이 폭력이라 항의하지 않도록 시종장 둘을 시켜 그의 가장 우아한 수염을 뽑도록 할지어다.

힌체 (시종들에게) 이건 국제법 위반으로 간주되옵니다만...
(그의 털을 뽑는다) 아이고! 야옹! 야아옹! 푸힐!

왕 중단하라. 마치 고양이처럼 야옹거리는구나.

어릿광대 오, 그렇습니다. 그렇게 헐떡대는군요. 뭔가 주목할 만한 신체 조직을 지닌 것으로 사료되옵니다.

왕 (현미경으로 관찰하며) 아하! 정말 놀랍구나! 갈라짐도, 흐트러진 곳도, 거친 부분도 전혀 없구나. 그래, 이런 건 영국 공장에서나 한번 모방해야 할 거리로다. 아하! 어디서 사냥꾼은 이런 고귀한 수염을 갖게 되었는고!

어릿광대 폐하, 그건 자연의 작품이옵니다. 이 낯선 이는 확실히 사고의 대상임과 동시에 유희의 대상이 될 만한 뭔가 다른 특별한 자연적 특성을 지니고 있사옵니다. 저는 그가 들고 온 고기의 향긋한 냄새가 온 홀을 가득 채웠을 때 이를 알아보았사옵니다. 그때 그의 몸에서 오르간 소리가 나기 시작해서 음악의 우스꽝스러운 구절이 위아래로 그르렁대고, 그가 만족감으로 눈을 감고 코를 생생하게 떨 때 말이옵니다. 그때 전 그를 만져보고는 그의 몸 전체, 목과 등 아래에 오르간의 떨림음 장치가 있음을 느낄 수 있었습니다.

왕   그게 가능한가? 사냥꾼이여, 여기 내게로 좀 와보라.

힌체   난 이날을 잊지 않을 것이오.

어릿광대   고귀한 친구여, 오시오. (그를 이끌며) 그렇지 않소? 다시 할퀼 테요?

왕   여기로 오라. 자. (그에게 자신의 귀를 대며) 아무 것도 안 들리는데. 쥐새끼마냥 온몸이 고요하군.

어릿광대   털이 뽑히고 나서 능력을 잃은 것이옵니다. 상태가 좋을 때만 오르간 연주를 하는 것으로 사료되옵니다. 사냥꾼, 뭔가 좋고 우아한 것을 한번 잘 생각해 보시오. 안 그러면 그대가 연주를 안 하겠다고 야료를 부리고 있는 것으로 여기겠소.

왕   고기를 그의 코에 갖다 대 보라. 그래. 보시오, 사냥꾼. 그걸로 뭔가 될 것이오. 이젠 어떻소? 그의 머리와 귀를 쓰다듬어 봐야겠군. 희망컨대 이런 자비로운 행동이 그의 감각 기관을 만족시키겠지. 옳거니! 들어라, 이봐라, 들어보라. 그가 어떻게 위아래로, 아래위로, 참으로 아름다운 주기로 그르렁대는지를! 그리고 그의 몸 전체가 요동치는 것이 내게 느껴지는구나. 흠! 흠! 매우 독특한지고! 이런 자의 내부는 어떻게 만들어졌을꼬! 스스로 도는 원통 같을꼬, 혹은 일종의 피아노처럼 만들어졌을꼬? 모든 걸 즉시 정지시키는 완충기 같은 것일꼬? 한번 말해보시오, 사냥꾼이여. 난 그대를 존중하며 그대에게 호의를 가지고 있소. 허나 아마도 그대 종족 중에선 그 기계장치 내부가 어떤지 알아보려고 속을 약간 가르더라도 세상에 하나 아쉬울 게 없는 사촌이나 먼 친척이 없단 말이오?

힌체 없사옵니다, 폐하. 저는 저희 종족 중 유일하게 현존하는 자이옵니다.

왕 유감이로다! 궁정 학자여, 인간의 오장육부가 어떻게 되어있는지 한번 궁구해 보라. 그러고 나서 이에 대해 아카데미에서 한번 강연해 보라.

어릿광대 이리 오시오, 사냥꾼. 다시 앉아 식사를 계속하도록 합시다.

힌체 난 그대와의 우정을 지속시켜야 할 것 같소.

레안더 폐하, 영광이옵나이다. 이미 제 머릿속엔 또한 매우 그럴듯한 가설이 있사옵니다. 이 사냥꾼은 아마도 어릴 적부터 엄격한 교육을 받음으로써 자신의 기쁨과 희열을 드러내지 않고 내면에 숨기는 데 자연스레 익숙해져 버린 복화술사인 것으로 추정되옵니다. 허나 그의 강력한 본능이 너무 압도적인 까닭에, 기쁨의 표현은 그의 오장육부 속으로 침투하고 또한 그 기기묘묘함으로 우리를 놀랍게 만드는 그의 내적 언어도 형성되었던 것이옵니다.

왕   계속하라.

레안더   그렇기 때문에 그의 내면에선 기쁨의 표현과 같은 것보다는 억제된 분노 같은 것이 들리는 것이옵니다. 기쁨이란 그 속성상 위로 치닫는 경향이 있기에, 우리가 모든 창조물에서나 아이들, 양, 당나귀, 황소, 그리고 술 취한 이들의 소리에서 지각할 수 있는 것처럼 '아'나 '이', 혹은 '아이' 같이 입을 쭉 벌어지게 하는 열린 모음으로 표출됩니다. 그러나 큰 소리를 내지 못하도록 폭압적인 부모와 후견인들에게 억눌린 저 사냥꾼은 그저 '오'와 '우'와 같은 내적인 소리만을 웅얼대야만 했지요. 이렇게 본다면 그의 현 모습은 놀라움과 관련된 모든 것을 잃어버린 것이 틀림없습니다. 이러한 근거로 말미암아 저는 그가 자신의

몸 안에 원통이나 오르간 같은 것을 가지고 있으
리라 여기지 않사옵니다.

어릿광대 만약 레안더씨에게 소리 높여 철학하는 것이 금
지되고 그의 심오한 사유가 저 위 대신 저 아래
깊은 곳에서 말해져야만 한다면, 어떤 종류의 폭
탄 뇌관이 그의 뱃속에 장착될까요?

레안더 폐하, 저 광대는 이성적인 사고가 뭔지 결코 이
해할 수 없사옵니다. 저는 그저 저런 저급 취향
의 착상 따위에 폐하께서 즐거워하시는 것이 놀
라울 따름이옵니다. 폐하의 취향을 그저 저급한
차원에 머물게 하는 저 자를 당장 쫓아내야 마땅
할 것으로 아뢰오.

왕 (그의 머리에 왕홀을 집어던지며) 이 바보 같은 학
자 같으니라고! 대체 무슨 소리를 하고 있단 말
이냐? 오늘 저 녀석에겐 악마의 반역 귀신이 씌
운 것이 틀림없다! 광대가 다름 아닌 나, 바로
나, 즉 그의 왕의 맘에 쏙 드는데 뭐가 더 필요하
단 말인가? 광대가 곧 내 취향인데, 어찌 그가 저
급 취향이라고 감히 뇌까릴 수 있단 말이냐? 너
는 궁정 학자이지만 동시에 또 다른 궁정 광대
일 뿐이다. 너희들은 같은 일을 하고 있는 것이
며, 유일한 차이란 광대가 낯선 사냥꾼과 함께

작은 식탁에서 식사하고 있다는 점뿐이다. 광대는 식탁에서 실없는 소리를 하고, 학자는 식탁에서 이성적 담화를 하는 것이다. 짐이 시간을 즐겁게 보내도록 하고 식사를 맛있게 하도록 흥취를 돋운다는 점에서 너희 둘이 대체 무슨 큰 차이가 있단 말이냐? 그러니 비록 재주가 없고 배운 게 없는 바보 광대라 할지라도 나와 같은 이에겐 즐거움을 선사하니, 모름지기 사람들은 더 많이 느끼면서 하늘에 감사할지어다. 그렇기에 바보는 이미 내게 즐거운 친구이도다. 그러나 광대가 종교와 철학에 까막눈이고 매번 얼토당토않은 데로 빗나갈 때, 학자는 (바보는 확실히 그의 이웃이 아니므로) 그에게 인간적으로 친절하게 다가가 '친구여, 보시오. 이건 그렇고 저건 저렇소. 그대는 여기에 까막눈이니 내 그대를 사랑으로 광휘의 길로 인도하겠소'라고 사랑스럽게 말하고 난 후 근본적인 논리학, 형이상학, 유체 정역학을 가르침으로써 이 바보가 돌변하고 개종하게끔 할 수 없겠는가? 세상의 현자라 불리고자 한다면 마땅히 이렇게 행동해야 할지어다.

요리사가 토끼를 대령하고 물러난다.

왕   토끼 요리가 왔구나! 잘 모르겠는데, 너희들도 이걸 즐겨 먹지 않느냐?

(모두가 고개를 숙인다)
그럼 너희들이 동의한 것으로 알고 내 혼자 먹겠
노라. (먹는다)

공주   내 눈엔 폐하께서 다시 어떤 돌발 사태에 맞닥뜨
리시며 얼굴을 찌푸리시는 것으로 보이는구나.

왕   (분노에 차 자리를 박차고 일어나) 토끼고기가 타지
않았느냐! 오, 하늘에 계신 우리 아버지시여! 땅
에서도 임하시옵니까? 대체 뭐냔 말인가? 지옥
이 따로 없구나!

공주   아버님!

왕   이게 대체 뭐냔 말이냐? 대체 뭐가 잘못되었기
에 이 낯선 피조물이 인간들에게 흘러들어와 요
모양 요 꼴이 되었단 말이냐? 이젠 더 이상 흘릴
눈물도 없도다!
(모든 이들이 걱정되어 일어난다. 어릿광대는 분주
하게 여기저기 왔다 갔다 한다. 힌체는 앉은 채로 몰
래 식사한다)
이 죽은 걸 치우거라. 난 새 걸 원하노라.

공주   위안자를 어서 부르거라.

왕   저 배은망덕한 요리사 필립이 화형대 위에서 활

활 타오른다면, 그게 바로 지옥의 환호성이 될
터이다!

공주   악사가 있는 곳이니라.

왕   죽은 건 다시 살아나지 않네. 그 누가 날 행복하
다고 말할 수 있을꼬? 오, 그 녀석이 그냥 날 죽
여버렸으면! 그간 정말 그렇게도 아껴주었건만.
(위안자가 실로폰을 연주하며 등장한다)
내게 대체 무슨 일인가? (울면서) 아, 다시 발작
증세가 생기는구나. 내 눈앞에서 이 토끼를 썩
치우거라.
(식탁 위에 머리를 두고 큰 슬픔으로 훌쩍인다.)

궁신   폐하께서 매우 슬퍼하십니다.

객석에선 강한 두드림과 휘파람 소리. 기침하고 야유하며 비웃는다. 왕은
일어나서 의관을 정제하고 왕홀을 든 채 큰 위엄을 표하며 자리에 앉는다.
이런 모든 것도 소용없이 소음은 점점 더 커지고, 모든 배우들이 자신의
배역을 잊어버린다. 무대 위에서는 무시무시한 정적이 흐른다. 흰체가 기
둥에 기어오른다.

작가   (당황하며 무대에 오른다) 신사·숙녀 여러분,
친애하는 관객 여러분. 단지 몇 말씀만 올리겠
습니다.

객석에서   조용! 조용히 하시오! 작가가 말한다 하지 않소.

작가   제발 저를 창피하게 하지 말아 주십시오. 막은 이제 곧 끝납니다. 보십시오. 여러분들보다 훨씬 더 제 정신이 아닐 이유가 많은 이 왕조차도 다시 진정되었습니다. 이 위대한 영혼을 사례로 삼으십시오.

피셔   우리들보다도?

비제너   (이웃에게) 그런데 왜 두들겨대는 게요? 맘에 드는 연극이라 하지 않았소?

이웃   맞소. 그냥 다른 사람들 따라 하는 게요. (있는 힘을 다해 힘껏 박수친다)

작가   제게 몇몇 호의적인 목소리도 있군요. 동정심을 가지고 가련한 제 작품을 받아들여 주십시오. 악당도 때로는 쓸모가 있는 법이죠. 이제 곧바로 끝납니다. 더 이상 달리 드릴 말씀이 없다는 게 혼란스럽고 경악스러울 따름입니다.

모두   우린 더 이상 듣고 싶지도, 알고 싶지도 않소.

작가   (화가 나 위안자를 끌어내며) 왕도 진정시켰으니, 이젠 이 광란의 물결을 진정시켜 보라고!

(정신이 나가 쓰러진다)

위안자는 실로폰을 연주하고, 거기에 관객들은 두들김으로써 박자를 넣는다. 그가 눈짓하니 원숭이와 곰들이 등장하고, 그의 주위에서 흥겹게 춤춘다. 독수리와 다른 새들도 등장한다. 힌체는 그의 머리 위에 독수리가 앉자 큰 두려움에 휩싸인다. 코끼리와 사자 각각 두 마리도 또한 춤춘다.

발레와 노래

동물들　　　아주 훌륭해.

새　　　　　아주 좋아.

합창단　　　이런 건 이제까지 듣도 보도 못했어.

모든 등장인물과 동물들이 즉석에서 카드리유[16]를 춘다. 왕과 그 휘하들은 중앙에 위치하고, 거기엔 힌체와 어릿광대도 포함되어 있다. 전반적인 환호와 웃음이 어우러진다. 장면을 더 잘 보기 위해 관객들이 일어선다. 상단 특별석에선 모자 몇몇 개가 휘날린다.

위안자　　　(전체 관객의 환호 속에 발레를 추며 노래한다.)

---

16)　나폴레옹 시기 프랑스에서 유래되어 전 유럽에서 유행했던 춤. 흔히 오페라 멜로디의 메들리에 맞춰 총 4쌍(8명)으로 구성된 사람들이 추었다.

모든 용감한 이들이
이러한 방울종을 발견한다면,
그들의 적수들은
손쉽게 사라질 것이네,
그리고 이 용감한 무적의 사나이는
가장 아름다운 조화로움 속에서 살았다네.

막이 내려간다.
모두가 환호하고 박수친다. 관객들은 발레를 좀더 감상한다.

막간극

비제너 훌륭하오! 훌륭해!

이웃 난 저걸 영웅적인 발레라 부르오.

비제너 게다가 주제와도 잘 연결되어 있어!
로이트너 아름다운 음악이야!

피셔 신성해!

슐로서 발레가 연극을 살렸구면.

뵈티허   난 그저 고양이 연기에 감탄하고 있소. 이런 사소한 부분도 노련하게 처리하는 법은 경험 많은 위대한 배우들에게서나 볼 수 있지요. 예를 들어 그는 배낭에서 자주 토끼를 꺼내서 귓가에 대어 보고 있죠. 이런 건 대본에 없는 것들입니다. 동시에 어떻게 왕이 저 토끼를 다루었는지는 알아채셨나요? 사람들은 대개 동물 상태가 어떤지를 보려면 귓가에 대어 보지요. 그래야 가장 잘 알 수 있기 때문이죠. 전 이런 걸 두고 마이스터라 칭합니다!

뮐러   아주 훌륭한 분석이오.

피셔   (소근대며) 꾸짖어야 할 건 바로 저 사람이야.

뵈티허   그리고 독수리가 그의 머리 위에 앉았을 때의 두려움이란! 어떻게 그는 두려움으로 움찔하거나 꿈틀대기는커녕 전혀 요동도 칠 수 없었던가! 아니, 이런 완성된 예술은 그 어떤 서술로도 표현할 수 없습니다.

뮐러   아주 심오하게 보시는구려.

뵈티허   전 그저 약간 전문가 연하는 걸로 만족할 따름입니다. 물론 여러분들 모두가 그렇게 할 수는 없겠지만, 그런 것만으로도 조금은 발전을 꾀할 수 있겠지요.

피셔 노력을 많이 하시는구려.

뵈티허 저같은 예술 애호가들은 기꺼이 하는 노력이지요. 또한 고양이의 장화와 관련해서도 매우 날카로운 착상이 떠오릅니다. 저는 그걸 보고 배우의 천재성에 놀랍니다. 보십시오. 그는 처음엔 고양이로 등장하므로 제대로 된 고양이 역을 하기 위해선 본래 입던 의복을 다 벗어 던져야 합니다. 그러다가 이젠 고양이 치장을 한 상태에서 완전히 사냥꾼으로 등장해야 하죠. -고양이를 두고 사냥꾼이라 부르면서도 놀라는 사람이 아무도 없다는 사실이 그가 사냥꾼 역을 성공리에 수행했다는 것을 입증합니다- 미숙한 배우라면 확실히 사냥꾼 흉내만을 내려는 데 그쳤을 겁니다. 그러나 우리에겐 그의 연기가 어떻게 보였습니까? 그가 본래 고양이 역을 맡았다는 점을 잊을 지경이었죠. 배우 처지에선 이미 덮고 있던 고양이 털가죽 위에 다시 덧입은 새로운 옷이 얼마나 거추장스러웠을까요? 하지만 그는 단지 장화를 신은 것만으로 사냥꾼임을 매우 세련되게 드러냈던 것입니다. 그리고 이렇게 드러내는 게 전적으로 예술적 차원에 부합한다는 점은 고대인들이 우리에게 아주 탁월하게 입증하고 있는 바입니다. 그들은 자주...

피셔 다시 또 고대인들이군요!

뵈티허 죄송합니다. 제가 마지막에 덧붙인 바는 예로부터 내려오는 유쾌하고 모범적인 관례로서 현대적인 우아함에도 부합하는 것입니다. 여러분, 저는 그 밖에도 고양이가 소화한 배역에 대해 논한 책 한 권을 출간하고자 계획하고 있습니다. −이에 대해선 또한 이후 여러분들 모두에게 날카로운 의견을 청하고자 합니다− 제가 바라는 건 연극이 너무 자주 중단되지 않았으면 하는 것입니다. 고양이의 천재성을 더욱 찬란하게 드러냈던 마지막 장면과 더불어, 그가 왕에게 토끼를 그렇게 위대한 예술적 기교로 제공했던 장면은 저에게 가히 고양이의 승리로 보였습니다. 왜냐하면 그는 이 장면을 오로지 왼손 검지와 오른발의 작은 움직임만으로 소화했기 때문이죠. 보통 배우들은 격렬히 움직이며 소리를 크게 질러댔겠죠? 하지만 바로 그 고양이는 냉정을 잃지 않은 채 자기를 신뢰함과 동시에 자기의식을 가지고, 그가 단지 단추만 채우면 되었던 배낭에 토끼를 넣음으로써 자신의 행운을 거머쥐었던 것입니다.

슐로서   허나 우리한텐 매우 지루하게 여겨지던데요.

뵈티허   그건 아마도 여러분들이 까다로운 관객들이시
기에 그럴 겁니다. 여러분들은 폭군의 명령으로
가장 고귀한 고양이 종족의 고결한 수염이 뽑히
게 되었던, 모방할 수 없는 이 유일무이한 장면
을 보고 큰 충격을 받지 않으셨습니까? 여러분
들은 여기서 절규나 발작을 하거나 이를 빠득빠
득 가는 배우의 모습을 예상했던 것이 사실 아닌
가요? 관객들의 박수갈채를 얻고자 혼신의 힘을
다해 소리쳐서 이름을 얻은 우리 무대 위의 보통
주인공들처럼 말입니다. 하지만 우리의 이 위대
한 독창적인 배우는 그렇지 않았습니다. 그는 자
신의 고통을 감내한 채 자제하며 조용히 서 있
었습니다. 오른손은 가슴 장식 아래 단추가 열
린 조끼 속에 조용히 넣은 채, 왼손은 광활하게
펼쳐진 천공을 향해 뻗으며 자신의 분노를 표현
하고 천상의 가호를 빌었던 것입니다. 그의 얼굴
은 차분하다 못해 거의 미소를 띤 상태였고, 그
의 모든 감정을 드러냈던 직시하는 눈만이 폭군
의 하수인들에 대한 경멸로 살짝 떨리며 깜빡였
을 뿐입니다. 그리고는 쫙 편 가슴으로부터 울려
퍼진 '아이고, 야옹, 야아옹'이라는 가슴을 후벼
파는 소리는 우리를 끌어당기고 울며 한탄케 하
면서 울려 퍼져 우리 모두의 숨을 멎게 할 정도

였던 것입니다. 하지만 완전히 억제할 수 없었던 경멸의 감정은 분노의 외침으로 급속하고도 대담히 이행했습니다. 저 바보가 헐떡댄다고 칭했던 이 분노의 외침 앞에선 후안무치한 폭군의 노예들조차 움찔할 수밖에 없었지요. 이러한 측면은 참으로 모든 예술의 최고봉을 보여준다 하겠습니다. 이렇게 거칠고 빽빽 울어대며 헐떡거리는 톤으로 연기하는 이 유일무이한 배우의 모습은 리어왕이나 발렌슈타인의 연기를 방불케 한다[17]고 말하고 싶습니다. 저는 그의 이러한 연기가 미증유의 것이며, 이른바 힘이나 단호함만을 가지고 비극의 배역을 연기하고자 하는 저 소리치는 자들에게 신랄한 일침을 놓을 것이라 확신합니다.

피셔

그게 바로 우리에겐 여전히 없는 것이지! 하지만 저 위 무대가 조용해졌음에도 여기 이 전문가라는 사람이 우리를 괴롭혀대는 건 정말 참기 힘들군. 막이 다시 오르는구려!

---

[17] 독일 30년 전쟁 시기(1618-48)를 배경으로 한 프리드리히 쉴러(Friedrich Schiller, 1759-1805)의 3부작으로 구성된 작품으로, 1798-99년 괴테의 연출로 바이마르 극장에서 초연되었다.

3막

농부의 방

작가, 기술감독.

기술감독   그게 정말 도움이 된다고 생각하시오?

작가   오, 친애하옵는 기술감독님, 내 간청, 아니 맹세합니다. 제 간청을 퇴짜놓지 말아 주십시오. 저의 마지막 희망이자 구원은 오직 거기에 달려 있습니다.

로이트너   저건 또 뭔가? 저 사람들이 어떻게 고틀리프의 방에 들어온거지?

슐로서   난 더 이상 저런 걸로 골치 썩이고 싶지 않네.

기술감독   하지만 친구여, 그대는 정말 너무 많은 걸 요구하고 있소. 모든 게 번갯불에 콩 볶아먹듯 그렇게 즉흥적으로 이루어져야 한다는 식이구려.

작가   나의 불행을 깨소금으로 여기는 걸 보니, 당신도 결국 저 아래 있는 적들과 한패요.

기술감독   그건 절대 아니오.

작가   (바로 앞에서 무릎을 꿇으며) 내 청을 수락했다는 걸 확인해주십시오. 관객들의 불만이 언제건 다시 폭발하면, 내가 눈짓하는 즉시 당장 막을 내려주십시오! 2막이 대본에 있는 것과는 완전히 다르게 끝나버렸단 말입니다.

기술담당   그게 무슨 말이오? 대체 누가 막을 올렸단 말인가?

작가   되는 일이 하나도 없네. 난 망했어! (부끄러움에 무대 뒤로 황급히 사라진다.)

기술담당   이전엔 이런 일이 없었는데 말이야.

퇴장한다. 잠시 휴지.

비제너   저것도 극에 포함되나?

이웃   물론이지. 저런 게 바로 나중에 변화를 초래
하지.

피셔   오늘 저녁 공연은 정말이지 〈극장 캘린더〉지에
나올 일이야.

왕   (무대 뒤에서) 싫어! 무대에 안 나가. 절대 안 해.
내가 웃음거리가 된다는 건 참을 수 없어.

작가   허나 친애하는 친구여, 대본은 바꿀 수 없소.

어릿광대   내 이제 행운을 실험해보도록 하지. (등장해서 관
객들에게 우스꽝스레 인사한다.)

뮐러   대체 어떻게 어릿광대가 농부의 방에 들어온
겐가?

슐로서   별 거 없는 독백을 하려는 거겠지.

어릿광대   관객 여러분, 본래 대사에는 없는 몇 말씀을 감
히 드리게 된 걸 용서하시기 바랍니다.

피셔   어허, 조용히 좀 있지 그래. 이 연극에서 그대는
이미 점수를 잃었고, 심지어는...

슐로서　　어릿광대가 감히 우리와 말을 나누게 되다니?

어릿광대　　왜 안 되겠습니까? 제가 비웃음거리가 된다는
　　　　　　　건 아무 상관이 없습니다. 반대로 여러분들께서
　　　　　　　절 보고 맘껏 웃으시길 진정 소망하는 바입니다.
　　　　　　　여기선 우리끼리만 있으니, 괘념치 마십시오.

로이트너　　꽤나 우스꽝스러운 친구로구먼.

어릿광대　　물론 폐하께서 직접 처리하실 필요가 없는 사안
　　　　　　　은 제가 떠맡는 게 맞지요. 그래서 폐하께서 친
　　　　　　　히 나오시지 않고, 제가 이런 중대 발표를 하게
　　　　　　　된 것입니다.

뮐러　　　　더 듣고 싶지 않네.

어릿광대　　친애하는 독일 시민들이여.

슐로서　　이 연극은 저 멀리 아시아에서 상연되는 것 같
　　　　　　　은데?

어릿광대　　그건 저도 잘 모르겠습니다. 하지만 저를 이해해
　　　　　　　주십시오. 저는 여러분들께 어릿광대가 아니라
　　　　　　　단지 관객 앞의 한 배우, 대중들 앞의 한 인간으
　　　　　　　로서 말씀드립니다. 가상이 아닌, 그 외부에 서

서 냉정하고, 이성적이며, 예술의 광기에 영향받지 않고 제정신이신 관객 여러분께 말입니다. 이해하시겠습니까? 제가 드리는 말씀을 따라오실 수 있으신지요? 분별이 되시나요?

슐로서   아듀! 나 없이 잘들 해 보게나. 돌아버리겠군. 내가 아까 계속 얘기한 게 맞았어.

뮐러   당신이 대체 무슨 말을 하는지 이해할 수가 없소.

슐로서   어릿광대를 두고 당신이란 존칭을 쓰지 마시오.

뮐러   허나 한 사람의 인간으로서 말한다 하지 않소.

어릿광대   제가 이 말씀을 드리려고 여기 온 것이니, 제 말에 귀를 좀 기울여 주시길 부탁드립니다. 방금 보신 이전의 장면은 연극에 속한 게 아닙니다.

피셔   연극에 속한 게 아니라고? 그럼 그 장면이 어떻게 연극 속으로 끼어들게 되었소?

어릿광대   막이 너무 일찍 올라가는 바람에 그랬습니다. 무대 뒤편 공간이 좀 더 넓었더라면 드러나지 않았을 사적인 대화 장면이었죠. 조롱당한 느낌이시라면 정말 유감입니다만, 별다른 대책이 없군요. 그렇다면 이 착오를 다시 교정하는 수고를 해 주시길 바랍니다. 왜냐하면 지금부터, 즉 제가 퇴장하는 바로 이 순간부터 3막이 시작되기 때문입니다. 그러니 우리끼리 얘기입니다만, 앞서 나왔던 장면들은 본래 연극에 속하는 게 아니라 그저 보너스 추가 장면이라는 것을 양해해주십시오. 하지만 이전과는 정반대로, 이젠 곧바로 본래 연극에 속하는 장면들이 시작될 터이니 충분히 보상이 될 것으로 믿습니다. 이건 제가 작가와 직접 얘기한 바이고 그가 보증한 것이기도 하기 때문입니다.

피셔　　그래, 당신 작가들은 정말 바보야.

어릿광대　　그런가요? 그가 아무런 가치가 없단 말씀이신가요?

뮐러　　전혀 아니오, 어릿광대 씨. 난 작가가 마음에 드오. 당신이 제대로 보았소.

어릿광대　　같은 취향을 가진 분이 계신 걸 보니 정말 기쁩니다.

객석　　오, 우리 모두가 그렇소. 달리 생각하는 사람은 없소.

어릿광대 과찬의 말씀이십니다. 그런데 알고 보면 작가로선 별 볼 일 없지요. 나쁜 예를 하나 들자면, 그는 제게 얼마나 형편없는 배역을 부여했습니까? 대체 어느 장면서 제가 재기발랄하고 재미있는 배역으로 등장하나요? 그리 많은 장면에 등장하는 것도 아니고 말입니다. 그리고 이젠 요행이 아니라면 전 다시 출연하지 못할 걸로 봅니다.

작가 (갑자기 튀어나오며) 뻔뻔한 사람 같으니라고.

어릿광대 아, 그래요? 그는 심지어 내가 지금 맡은 작은 역에도 시샘합니다.

작가 (무대 다른 편에서 고개 숙이며) 친애하는 관객들이시여! 저는 여러분들의 취향을 잘 알기에, 어릿광대에게 다른 큰 배역을 맡길 엄두를 낼 수 없었습니다.

어릿광대 (무대 다른 편에서) 여러분들의 취향이라니! 그가 질투하는 걸 보십시오. 그리고 그는 저와 여러분들의 취향이 같은 형태라고 뭉뚱그리고 있습죠.

작가 전 이 연극을 통해서 여러분들께 우선 더욱 풍부한 환상의 탄생을 예비하고자 합니다.

모든 관객   뭐라고? 어떻게?

작가   환상적인 것과 유머러스한 것을 애호하게끔 정신을 연마하는 교육이 단계적으로 이루어질 수 있기 때문입니다.

어릿광대   유머러스한 것이라니! 그의 볼을 꽉 채우고 있는 건 그저 허풍에 불과할 뿐입니다. 하지만 조금만 참으십시오. 작가는 대본을 쓰는 재주만 있지만, 저희는 연기하면서 완전히 다른 걸 만들어내지요.

작가   극 진행을 더 이상 중단시키지 않기 위해 전 이만 물러나겠습니다. 좀 전 방해드린 데엔 재차 사과 말씀 올립니다. (퇴장한다)

어릿광대   여러분, 그럼 다시 볼 때까지 아듀! (퇴장했다가, 재빨리 등장한다) 잠깐! 하나만! 방금 우리들에게 일어났던 건 정확히 말해서 연극에 속하는 게 아닙니다. (퇴장)

객석에서 웃음.

어릿광대   (다시 재빨리 등장한다) 오늘 이 형편없는 연극이
끝까지 상연되게 해 주십시오. 얼마나 엉터리인
지 전혀 눈치채시지 못하신 것처럼 말입니다. 다
끝나고 나면 제가 집에 가서 여러분들의 마음에
쏙 드실 새로운 연극 하나를 쓰도록 하지요.

퇴장. 박수 소리.

3막 1장

고틀리프와 힌체가 등장한다.

고틀리프   사랑하는 힌체야, 넌 참으로 날 위해 정말 많은 걸 하고 있구나. 하지만 그런 게 내게 무슨 소용 인지 난 여전히 모르겠구나.

힌체   맹세컨대 난 널 행복하게 만들어 줄 거야. 그리 고 이런 최종 목적을 달성하기 위해 어떠한 수고 나 노력도, 어떤 고통이나 희생도 두려워하지 않 아.

고틀리프   당장, 지금 당장 그렇게 돼야 해. 안 그러면 너 무 늦어. 이미 7시 반이고, 8시면 이 연극이 끝 나거든.

힌체   그게 대체 무슨 말이야?

고틀리프   아, 그냥 무심코 한 말일 뿐이야! 그러니까, 내가 말하려고 했던 건, 우리 둘 다 끝장나 버린다는 거야. 보라고, 일출이 얼마나 아름다운가. ─ 이런 젠장. 이 망할 놈의 프롬프터[18]가 웅얼거리는 통에 무슨 말인지 알아들을 수가 없네. 그래서 가끔 애드리브를 하려 해도 항상 꼬인단 말이야.

힌체 (작게) 정신 차려. 안 그러면 이 연극이 수천 조각들로 쪼개질 거라고.[19]

슐로서 희극이니 7시 반이니 하는 저 친구 말이 대체 무슨 의미요?

피셔 모르겠소. 극이 곧 끝난다는 걸 유념하라는 말 같군요.[20]

슐로서 그래, 유념하시오! 다행히도 여덟 시면 우린 해방이오. 우리가 유념만 한다면, 우린 여덟 시에 집에 가게 될 거요. 만약 아홉 시까지 간다면 참을 사람이 없을 게요. 만약 열 시까지 이어진다

---

18) 원어로는 Souffleur. 무대 위에서 공연하는 배우가 대사를 잊지 않도록 무대 뒤에서 작은 소리로 대사를 불러주는 사람

19) "연극 Stück"에 "조각들 Stücke"을 비견시킨 티크의 말놀이

20) "7시 반 halb acht"에서 8을 의미하는 "acht"를 피셔가 "유념 Acht"으로 잘못 알아들었다는 걸 풍자하는 장면으로 또한 티크의 말놀이. 그다음 이어지는 슐로서의 횡설수설 또한 동일한 말놀이로 이루어져 있다.

면 내 장을 지지겠소.

뮐러 친구여, 그대는 이 환상적 연극처럼 환각에 빠져 있구려.

슐로서 그렇소, 난 예전부터 망가졌소.

고틀리프 그래서 난 오늘 내 행복을 결정해야 한단 말 인가?

힌체 그래, 사랑하는 고틀리프야. 해지기 전까지 말이야. 보라고. 난 널 너무 사랑해서 널 위해 섶을 지고 불 속이라도 뚫고 지나갈 거라고. 넌 내 진심을 의심하는 거니?

비제너 들었소? 불 속이라도 뚫고 지나가겠다니. 대단하오! 물과 불로 이루어진 마술피리의 무대 장식을 보겠군.

이웃 허나 고양이는 물을 싫어하오.

비제너 그만큼 주인에 대한 고양이의 사랑이 더 크게 부각되는 게요. 작가가 바로 그걸 노렸을 것이라는 걸 몰랐소?

힌체   넌 이 세상에서 대체 뭐가 되고 싶니?

고틀리프   답하기 어렵구나.

힌체   왕이나 왕자가 되고프니?

고틀리프   그렇다면 더 바랄 나위가 없지.

힌체   넌 네 안에 백성들을 행복하게 만들어 줄 힘이
          있다는 걸 느끼니?

고틀리프   왜 아니겠니? 단지 내가 행복하기만 하다면 말
          이야.

힌체   만족할 만하군. 네가 왕위에 오를 것이라는 걸
          내 맹세하마. (퇴장한다)

고틀리프   놀랄 일이군. 하긴 세상엔 가끔 예상 밖의 일들
          이 일어나니. (퇴장한다)

뵈티허   고양이가 저리도 부드럽고 상냥하게 처리하고
          있는 무한한 섬세함을 좀 알아보시란 말이오.

피셔   당신과 당신의 그 섬세함이란 이미 우리에겐 짐
          이 되어버렸소. 연극보다 당신이 더 지루하오.

뮐러	이런 장광설과 칭찬을 항상 들어야 한다는 건 정말이지 역겨울 따름이오.
뵈티허	예술에 대한 열광이란 그 자체로 넘쳐나는 법이지요.
슐로서	오, 이젠 정말 끝냅시다! 친애하는 로이트너 씨, 뮐러 씨, 저분 좀 제발 말려주십시오. 저 사람 입을 틀어막아 한 마디도 못하게 할 도구를 내 여기 가지고 있소.
뵈티허	결코 그럴 순 없지요.
슐로서	자, 이제 저 입에 재갈이 물릴 게요. 피셔 씨, 저 입 좀 틀어막으시오. 그럼 모든 게 처리되오. (입에 재갈을 물린다.)
뵈티허	경천동지할 일이오! 이렇게 예술 전...
슐로서	예술 전문가를 자임하려 하다니. 이젠 좀 잠잠해지겠군. 자, 그럼 이제 조용히 집중하며 보도록 합시다.

3막 2장

평원

힌체   (배낭과 자루를 멘 채) 사냥에 익숙해져서 난 매일
같이 자고새와 토끼 같은 것들을 잡지. 이 사랑
스러운 녀석들은 매번 손을 뻗기만 하면 잡히네.
(자루를 연다) 종달새의 시간은 이제 끝나서 어떤
소리도 들리질 않는구나.

한 쌍이 등장한다.

그   가라고, 넌 내게 짐이야.

그녀   넌 역겨워.

그   참으로 아름다운 사랑이로군!

그녀   끔찍한 위선자 같으니라고. 그렇게 날 속이다니!

그   너의 그 끝없는 자애로움은 대체 어딜 간 거야?

그녀   그럼 네 충성은?

그   네 환희는?

그녀   네 매력은?

둘 다   결혼으로부터 튀어나온 마귀가 다 가져갔지!

힌체   그렇다고 해서 사냥이 방해를 받으면 안 되지.
           이 광활한 평원이 그대들의 고통에 비해 너무 좁
           다 싶으면 어디 산에라도 올라가시든지 말이오.

그   이 녀석이! (힌체의 뺨을 때린다.)

그녀   싸가지 없는 녀석! (힌체의 나머지 뺨을 때린다)
           (힌체가 으르렁거린다) 우리 다시 헤어져야겠어.

그   따를 준비 완료야.

한 쌍 퇴장한다.

힌체   소위 인간이라 불리는 저열한 민족이여. 어, 저
           기 자고새 두 마리가 있네. 빨리 잡아야겠다. 행

운이여, 요동치거라. 나에겐 너무나 긴 시간이구나. 자고새를 먹고픈 맘도 들지 않네. 확실히 우리의 모든 덕성은 본성에 따르기만 하면 갖춰질 수 있는 거야. (퇴장한다)

뵈티허　　　(물린 재갈 틈으로) 끄... 끝...내주...네!

슐로서　　　발버둥 쳐도 소용없소.

3막 3장

궁전의 홀

왕은 공주와 함께 왕좌에 앉아 있다. 궁정 학자 레안더는 단상에, 어릿광대는 그 맞은 편 단상에 있다. 홀의 한가운데엔 긴 장대가 놓여있고, 그 위에는 금박 및 형형색색의 깃털로 장식된 모자가 걸려있다. 궁전의 모든 구성원이 모여 있다.

왕   저 친애하는 카라바스 공작만큼 조국을 위해 힘쓴 인간은 없었도다. 이에 대해 우리 역사가들은 빽빽하게 책 한 권 분량을 썼지. 그는 자신의 사냥꾼을 시켜 짐에게 하잘 것 없지만 맛있는 선물을 가져오게 했도다. 가끔은 하루에 두 번씩이나 말이다. 그에 대한 짐의 고마운 마음은 한량없으며, 그에게 크게 빚진 바를 언젠가 다 갚을 기회가 마련되길 고대할 따름이노라.

공주   친애하는 아버님, 이제 학술 논쟁이 시작되도록 허락해주지 않으시겠습니까? 저의 마음은 정신적 사안을 갈구하고 있사옵니다.

왕 그래, 곧바로 시작하자꾸나. 궁정 학자와 어릿광대여, 그대들 중 이 논쟁에서 이기는 자에게 저 고귀한 모자를 하사할 것이니라. 저걸 그대들 앞에 세워 둘 터이니, 눈앞에 두고 상기하며 재기를 발휘하는 데 인색하지 말도록 하라.

레안더와 어릿광대 고개 숙여 절한다.

레안더 내 주장의 핵심은 최근 발표된 희극 〈장화신은 고양이〉는 훌륭한 작품이라는 것이오.

어릿광대 내가 부정하고자 하는 게 바로 그거요.

레안더 그 작품이 나쁘다는 걸 입증하시오.

어릿광대 그 작품이 훌륭하다는 걸 입증하시오.

로이트너 저건 또 뭐란 말이오? 저건 여기서 공연되고 있는 바로 이 작품에 대한 것 아닌가? 내가 헷갈리지 않았다면 말이오.

뮐러 당연히 바로 이 작품이오.

레안더   이 작품은 아주 탁월하지는 않지만, 몇몇 측면에서 칭찬할만하오.

어릿광대   전혀 그렇지 않소.

레안더   이 작품엔 위트가 있다는 걸 주장하는 바이오.

어릿광대   전혀 그렇지 않다는 걸 주장하는 바이오.

레안더   넌 그저 광대 아니냐? 네가 어떻게 감히 위트에 대해 판단한단 말이냐?

어릿광대   넌 그저 학자 아니냐? 네가 어떻게 감히 위트에 대해 이해한단 말이냐?

레안더   몇몇 배역은 잘 소화되고 있네.

어릿광대   전혀 그렇지 않네.

레안더   내 다른 주장을 모두 기각해야지만 관객들이 잘 그려졌다 할 수 있네.

어릿광대   관객은 배우가 아닐세.

레안더   이런 식의 제 맘대로 해석에 놀라지 않을 수 없군.

어릿광대   (객석을 향해) 이 사람 바보 아니오? 친애하옵는 관객분들과 저는 모두 취향을 공유하고 있는 격의 없는 사이입니다. 허나 이 양반은 〈장화신은 고양이〉의 관객들이 잘 그려졌다는 제 주장을 부정하고자 합니다.

피셔   관객들이라고? 이 극에는 관객이 등장하지 않잖아?

어릿광대   다시 말해보시오! 관객이 전혀 등장하지 않는다고요?

뮐러   난 그 주장을 지지하오! 우린 그걸 알아야 하오.

어릿광대   물론입니다. 자, 학자여, 보았는가? 저 아래 분들이 말씀하시는 바가 옳지 않은가.

레안더   혼란스럽군. 하지만 네게 굴복하진 않을 거야.

힌체 등장한다.

어릿광대   사냥꾼 선생, 한 마디 부탁하오!

힌체가 어릿광대에게 접근하고, 둘은 비밀스럽게 얘기한다.

힌체　　결판이 나지 않는다면 할 수 없지. (장화를 벗고 장대에 기어오른다. 꼭대기의 모자를 집어서 뛰어내린 후 다시 장화를 신는다)

어릿광대　　(모자를 흔들며) 이겼다! 이겼어!

왕　　이런, 사냥꾼이 저리도 능수능란하다니!

레안더　　제가 광대에게 졌군요. 학식이 아둔함에 무릎 꿇었다는 점이 슬플 따름이옵니다.

왕　　진정하여라. 그대는 모자를 갖고자 했고, 광대도 모자를 갖고자 했다. 거기에 짐은 무슨 차이가 있는지 모르겠노라. 하지만 사냥꾼이여, 그대는 무엇을 했는고?

힌체　　폐하께 카라바스 공작의 안부 말씀을 전해드리옵나이다. 폐하께 공작이 바치는 자고새 두 마리옵니다.

왕　　이리도 빨리, 이리도 많이! 고마움에 숨이 넘어갈 지경이로다. 예전부터 답방하는 게 마땅한 도리라 여겼는데, 이제 더 이상 지체하면 안 되겠구나. 여봐라, 어서 마차를 대령하라! 말 여덟 필로 꾸리고, 공주와 동행하겠노라! 사냥꾼이여,

공작의 성으로 가는 길을 알려주겠느뇨? (수행원들과 함께 퇴장한다. 힌체와 어릿광대만 남는다.)

힌체　　논쟁의 주제가 뭐였소?

어릿광대　　난 〈장화신은 고양이〉라는, 내가 전혀 모르는 작품이 형편없다는 걸 주장했소.

힌체　　그래서요?

어릿광대　　사냥꾼 선생, 고맙소. 안녕히 계시오.
(모자를 쓰고 퇴장한다)

힌체　　(혼자말로) 정말 우울해지는군. 내가 주인공으로 등장하는 연극을 망쳐놓은 광대를 저리도 의기양양하게 만든 게 다름 아닌 바로 나라니! 운명이로다! 운명이로고! 너는 대체 저 필멸자 인간들을 어떤 혼란 속으로 이끌고 있는 거야? 난 그저 내 사랑하는 고틀리프를 왕위에 오르게 할 수만 있다면 모든 불행을 진정 기꺼이 잊을 테야. 난 다른 이에 대한 날 선 비판도 거둬들일 거고, 바보들이 나를 겨냥해 무기를 들어도 괜찮아. 내가 한갓 고양이 주제라는 것도 잊고, 사람들이 내 수염을 뽑고 몸뚱이를 거의 해부할 뻔한 것도 잊을 거야. 그래, 난 그저 내 친구들과 살면서 아무 대가도 없는 우정이라는 최고의 사례를 후세에 놀라움으로 남겨줄 거야. 아무튼 그런데 왕은 공작을 방문하려 한다는 거지? 이건 내가 해결해야만 하는 나쁜 상황이구나. 지금까지 이 세상 어디에도 없는 성에서 말인가? 이제 드디어 너희들 장화가 절실히 필요한 매우 중요한 날이 왔구나! 나를 파멸시키고 버리지 말아다오. 그저 어떤 가죽이고 깔창인지만을 확인해다오! 자, 그럼! 발과 장화가 위대한 역할을 할 것이다. 오늘 모든 게 결정되겠군! (퇴장한다)

슐로서   뭐라고 중얼거리는 게요?

뵈티허   대 – 대 – 대단해!

피셔   얘기해 보시오. 극 자체가 극으로서 극 안에 다시 등장한다는 게 대체 무슨 말이오?

슐로서   이 극이 야기한 내 분노를 쏟아낼 사람을 더 이상 찾지 못할 지경이구나. 나의 절망만이 말 없는 기념비로 묵묵히 놓여 있을 따름이로다.

3막 4장

여관 앞

주인   (낫을 들고 낟알을 베며) 정말 고된 일이도다! 허나 매일같이 탈영만 하고 다닐 수도 없는 노릇이겠지. 착한 아이들이야 의지가 굳으니 상관없는 일이겠지만, 모든 사람이 매사 그런 것도 아니고 말이야. 사는 건 그저 고된 일뿐이구나. 때론 맥주통을 따고, 때론 잔을 비우다, 때론 잔을 채우고, 그리곤 다시 추수를 하지. 사는 것은 일하는 것이야. 언젠가 배운 이 하나가 와서 그러더구면. 사람은 제대로 살기 위해서 잠을 자면 안 된다고. 왜냐하면 잠자면서 사람은 자신의 사명을 잊고 일을 하지 않기 때문이라나. 확실히 그 녀석은 절대 고된 일로 지쳐본 적도 없고 잠도 곤하게 자본 적이 없을 거야. 잠보다 더 멋지고 끝내주는 걸 난 몰라. 자, 이 정도 했으니, 이젠 좀 잘 수 있겠구나.

힌체   (등장한다) 뭔가 놀라운 걸 들어보고 싶다면, 내 얘기에 귀 기울여 보시오. 내가 여기까지 어떻게 왔는지 말이오! 첫째론 왕의 궁전에서 고틀리프에게로 갔고, 둘째론 고틀리프와 함께 허수아비의 궁전으로 가서 바깥 숲속에 그를 남겨두고 난 다음, 셋째론 다시 왕에게로 가서, 넷째론 달리기 선수처럼 왕의 마차 앞으로 달려와서 가는 길을 가르쳐 주었지. 오, 다리여, 오, 발이여, 오, 장화여! 너흰 오늘 얼마나 많을 걸 했단 말이냐! 하, 좋은 친구여!

주인   저건 누군가? 동포여, 그대는 좀 낯설게 보이는구려. 왜냐면 여기 사람들은 내가 요즘 맥주를 팔지 않고 내가 다 마셔버린다는 걸 알고 있기 때문이지. 나같이 이런 일을 하는 사람은 스스로 기운을 차려야 하는 법이야. 유감이오, 도움을 주지 못해 말이오.

힌체   맥주를 원하는 게 아니오. 난 맥주 한 잔도 안 하오. 그저 몇 마디만 하고자 하오.

주인   당신은 부지런히 일하는 사람을 훼방만 놓는 진정 백수임이 틀림없소.

힌체   방해하려 한 게 아니오. 단지 듣기만 하쇼. 이웃 나라 왕이 여기를 지나갈 것이오. 아마도 마차에서 내려서 여기 이 마을이 누구 것인지를 물을게요. 당신의 생명이 소중하다고 여기고 교수형이나 화형을 당하고 싶지 않거들랑, 카라바스 공작의 것이라 답하시오.

주인   허나 여보시오, 우린 법의 종복일 뿐이오.

힌체   나도 아오. 허나 방금 말했듯이 죽고 싶지 않거들랑, 여기가 카라바스 공작의 것이라 말하시오. (퇴장한다)

주인   고맙수다! 일을 잠깐 쉴 좋은 기회일 듯하구면. 이 땅이 허깨비 거라고 왕한테 얘기해 버릴까 보다. 허나 아냐. 게으름은 모든 악덕의 시작일지어니. '기도하고 일하라'[22]은 나의 좌우명이니 말이야.

여덟 마리의 말이 끄는 아름다운 마차와 그 뒤의 수많은 시종들이 등장한다. 마차는 정차하고 왕과 공주가 마차에서 내린다.

공주   공작님을 봐야겠다는 호기심이 이는군요.

왕   나도 그러하다. 내 딸아. - 안녕하시오, 친구여.

---

22)   Ora et labora. 베네딕트 수도원의 모토

여기 이 마을은 누구 것이오?

주인   (혼자말로) 내 목을 바로 매달 듯이 묻는구나. — 카라바스 공작이옵니다. 폐하.

왕   아름다운 곳이로군. 국경을 넘어서면 지도에서처럼 나라가 완전히 다르게 보일 거라고 난 항상 생각해 왔지. 날 좀 돕거라. (나무 위를 잽싸게 기어 올라간다.)

공주   무엇을 하시옵니까, 아바마마?

왕   아름다운 자연의 탁 트인 전망이 참으로 좋구나.

공주   멀리까지 보이시옵니까?

왕   오, 그러하도다. 저 애꿎은 산맥이 내 코앞을 막고 있지만 않는다면 더 멀리 볼 수 있으련만. 오, 이런! 나무가 송충이로 가득하구나. (다시 내려온다)

공주   아직 이상화되지 않은 자연이기에 그러하옵니다. 자연을 비로소 고귀하게 만드는 것은 환상이지요.

왕	그렇담 난 네가 그 환상으로 이 송충이들을 쫓아 내버렸으면 싶구나. 하지만 이제 타거라. 계속 가야겠다.

공주	잘 사시오, 착하고 소박한 동포여.

왕과 공주는 마차에 탑승하고, 마차는 계속 나아간다.

주인	이렇게 세상이 바뀌었단 말인가! 옛 책이나 옛 사람들의 얘기에 따르면, 왕이나 공주를 만나 말을 나누면 항상 금덩어리나 금은보화를 얻었 다 했거늘, 지금은 대체 뭐란 말인가! 이젠 왕 이 아무것도 아니라면, 어찌 예기치 않은 행운 을 바라겠는가? 내 만약 금덩어리 하나 백성들 의 손에 쥐어 주지 않는 왕이라면, 입을 뺑긋도 하지 않으련만. 무구한 촌부여! 신이 그걸 원한 다고 하더라도, 난 죄짓지 않으련다. 허나 농부 의 삶에 대한 새로운 감각적 묘사에서는 그렇 게 하고 있지. 신께서 내 목을 매달지 않은 것 에 감사해야겠구먼. 저 낯선 사냥꾼은 끝내 우 리가 만든 허깨비 그 자체였군. 황송하게도 왕 과 대화를 나누었다는 것 정도는 적어도 신문 에 나겠구먼. (퇴장한다)

3막 5장

다른 장소

쿤츠   (알곡을 추수하며) 지긋지긋한 일이야! 내 일이라면 몰라도, 궁정 노역이라니! 이럴 바엔 허깨비를 위해 일하는 게 낫지. 고마워하지 않는 건 허깨비도 마찬가지겠지만 말이야. 사람들의 질서를 잡기 위해 항상 이 세상에 법이 필요하다는 건 알겠다 이거야. 하지만 우리 모두의 등골을 빼먹는 법이 왜 우릴 위해 필요하다고 하는지는 도통 모르겠단 말이야.

힌체   (달려오며) 이젠 발바닥에 물집이 잡힐 지경이네! 다 필요 없다고. 고틀리프, 바로 고틀리프가 왕위에 올라야 한다고! 좋은 친구여, 그렇지 않은가!

쿤츠   나 같은 촌부에게 그게 뭐란 말이오?

힌체	곧바로 왕이 여기를 지나갈 걸세. 이 모든 지역이 누구 소유냐고 왕이 묻거들랑 카라바스 공작 소유라고 대답해야 하네. 안 그러면 그대는 수억만 조각으로 산산이 찢겨버릴 테니. 법이란 건 이렇게 공중을 위해서 있는 것일세.
피셔	무엇이? 관객을 위해서라고?[23]
슐로서	물론이지. 연극이 어떻게든 끝나야 집에 가지 않겠는가.
힌체	그대의 인생이 걸려있으니 잘 처신하게나! (퇴장한다)
쿤츠	법이라는 게 뭐 항상 그런 게지. 그런데 내가 그렇게 말한다 해서 새로운 극장판이 나오기까지는 않았으면 좋겠는데. 대사가 자꾸 변하면 못쓴다고.

마차가 달려온 후 멈춘다. 왕과 공주가 내린다.

왕	또한 아름다운 지역이로다. 이미 참으로 아름다운 몇몇 지역들을 보았지만 말이다. 여기 이 땅

---

23) 'Publikum'은 공중, 대중, 관객, 청중 등을 모두 지칭하는 역어. 앞서 법이 공중 Publikum을 위해 있는 것이라는 힌체의 말을 피셔가 관객 Publikum으로 받아 처리한 티크의 말놀이.

은 누구의 소유인고?

쿤츠　　카라바스 공작이옵니다.

왕　　그는 참으로 멋진 영토를 가지고 있음이 틀림없구나. 게다가 내 영토에 인접해서 말이다. 딸아, 네게 딱 들어맞는 상대인 듯한데, 넌 어떠하냐?

공주　　아바마마, 부끄럽사옵니다. ― 하지만 여행 중엔 견문을 넓혀야지. 착한 농부여, 왜 그대는 짚단을 베고 있는지 말해 주오.

쿤츠　　(웃으며) 공주마마, 추수를 하고 있는 것이옵니다. 이건 곡물이지요.

왕　　곡물이라고? 그건 대체 뭐 하는 데 쓰는 것이오?

쿤츠　　(웃으며) 그걸로 빵을 굽사옵니다.

왕　　제발 못 말리는 공주야! 그걸로 빵을 굽는다니까! 누가 저런 어리석은 말을 할꼬? 자연은 놀라움을 선사하는 법이지. ― 자, 좋은 친구여, 여기 작은 사례금이다. 오늘 날씨가 따뜻하구나.

공주와 함께 다시 마차에 탄다. 마차 출발한다.

쿤츠	곡물을 모르다니! 사람은 매일같이 새로운 걸 배우는 법이기는 하지만 말이다. 그가 왕이 아니고 내게 땡전 한 푼 주지 않았다면, 그를 완전히 별 볼 일 없는 사람이라고 여겼겠지. 이걸로 그냥 곧바로 시원한 맥주 한 잔이나 해야겠다. 세상에, 곡물을 모르다니! (퇴장한다)

3막 6장

강가의 다른 장소

고틀리프   난 여기서 벌써 두 시간 동안이나 내 친구 힌체를 기다리고 있어. 여전히 나타나지를 않는구나. 저기 있다! 저 뛰는 걸 보게나! 숨넘어갈 지경이구나.

힌체   (뛰어온다) 자, 친구 고틀리프야, 빨리 옷을 벗어.

고틀리프   옷을 벗으라고?

힌체   그리고 물에 뛰어들어.

고틀리프   물에 뛰어들라고?

힌체   그럼 내가 수풀 속에 옷을 던져 놓을 테니까.

고틀리프   수풀 속에?

힌체   그러면 준비가 된 거야!

고틀리프   취한 상태라면야 그걸 믿겠지만 말이야. 그리고
            옷이 없으면, 그걸로 충분히 돌봄을 받고 있는
            것 아닌가.

힌체   농담할 시간이 없어.

고틀리프   농담이 아냐. 여기서 기다리고 있으면 되나?

힌체   얼른 벗으라고!

고틀리프   그래, 하라는 대로 다 할게.

힌체   이리 와. 너 목욕 좀 해야겠어. (고틀리프와 함께
            퇴장했다가, 수풀로 던진 옷들을 들고 다시 등장한다)
            도와주세요! 도와줘요! 도움이 필요합니다!

마차가 이동한다. 왕이 이를 힐끔 본다.

왕   무슨 일인가, 사냥꾼이여? 왜 그리 소리치는가?

힌체   폐하, 도와주십시오. 카라바스 공작이 물에 빠졌
            사옵니다!

왕	물에 빠졌다고!
공주	(마차 안에서) 카라바스라고!
왕	내 딸이 까무러치겠구나! 공작이 물에 빠졌다고!
힌체	아마 구조할 수 있을 것입니다. 아직 물속에 있사옵니다.
왕	시종들아! 저 고귀한 분을 구하기 위해 사력을 다하여라.
시종	폐하, 공작을 구조했사옵니다.
힌체	폐하, 설상가상, 엎친 데 덮친 격이옵니다. 공작이 여기 개울가에서 목욕하고 있었는데, 어떤 좀도둑이 옷을 훔쳐 달아났사옵니다.
왕	곧바로 내 옷 가방을 열라! 그에게 내 옷을 주어라! 힘내거라, 공주야. 공작이 구조되었단다.
힌체	서둘러야겠군. (퇴장한다)
고틀리프	(왕의 옷을 입은 채) 폐하!

왕	저게 바로 공작이군! 내 옷을 입으니 곧바로 알아보겠구나! 타시오, 친애하는 공작. 지금 무엇을 하고 계시오? 어디서 그 모든 토끼를 잡으셨소? 어떻게 내 기쁨을 억제해야 할지 모르겠소! 속도를 내어라, 마부여!

마차가 속도를 낸다.

시종	형리도 그렇게 빨리 등장했으면 좋겠구먼. 그럼 나도 기꺼이 따라갈 텐데. 그런데 고양이처럼 흠뻑 젖어버렸네. (퇴장한다)
로이트너	마차가 왜 이리 자주 등장하는가? 이런 상황이 너무 자주 반복되는군.
비제너	이웃이여! 주무시고 계시는구려.
이웃	아닙니다. 아름다운 장면이군요.

3막 7장

허깨비의 궁전

허깨비는 코뿔소로 변신해있다. 가난한 농부가 그의 앞에 있다.

농부   자비를 베푸소서, 허깨비시여.

허깨비   친구여, 정의는 실현되어야 하네.

농부   전 지금 아직 돈을 낼 수 없습니다.

허깨비   그럼 그대는 소송에서 패한 것일세. 법이 요청하
             는 건 돈과 그대의 처벌이네. 그럼 그대의 땅은
             매각되어야 하네. 법률상 다른 방도는 없네!

농부 퇴장한다.

허깨비   (다시 본래의 허깨비 외양으로 변신하며) 사람들은
             겁을 주며 강제하지 않으면 법에 대한 존경심을

잃어버리는 법이지.

관리   (절을 하며 등장한다) 자비로운 분이시여, 황송하옵게도 저는...

허깨비   무슨 일인가, 친구여?

관리   감히 말씀드려도 된다면, 저는 각하의 무시무시한 자태 앞에서 덜덜 떨고 있사옵니다.

허깨비   오, 그건 내 가장 무서운 모습이 아닌 지 오래 일세.

관리   본론으로 들어가자면, 제가 여기 온 본래 이유는 제 이웃으로부터 저를 돌봐 주십사 각하께 청을 드리기 위함이옵니다. 돈주머니 또한 들고 왔습니다. 그러나 법률님의 모습은 제게 너무나도 무섭습니다.
(허깨비는 갑자기 쥐로 변신하여 구석에 자리 잡는다)
허깨비가 대체 어딜 갔나?

허깨비   (부드러운 목소리로) 돈을 저기 책상 위에 놓게나. 그대를 놀라게 하지 않으려고 내 여기 앉아 있네.

관리	여기 있습니다. (돈주머니를 놓는다) 오, 역시 정의는 실현되는군요. 저런 쥐를 보고 누가 덜덜 떨겠는가? (퇴장한다)
허깨비	(본래의 모습으로 돌아온다) 주머니가 두둑하군. 역시나 인간의 약함이란 연민의 대상임이 틀림없어.
흰체	(들어오며) 허락해주신다면, – (혼자말로) 흰체야, 정신 바짝 차려야 해. – 각하!
허깨비	그대는 무엇을 원하시오?
흰체	저는 사방을 여행하고 있는 학자이옵니다. 그리고 그저 각하를 알현하고자 감히 여기 오게 되었습니다.
허깨비	좋소, 나를 얼마든지 알현하시오.
흰체	각하께서는 강한 군주이시며, 정의에 대한 각하의 사랑은 온 세상이 다 알고 있습니다.
허깨비	그렇소, 나도 그리 생각하오. 거기 좀 앉으시오.
흰체	사람들은 각하의 위엄에 대해 수없이 놀라운 것

들을 얘기하고 있사옵니다.

허깨비   사람들에겐 항상 뭔가 말할 거리가 있어야 하지. 그리고 통치자야말로 그 주제를 위한 단골손님이 될 터이고.

힌체   허나 각하께서 코끼리나 호랑이로 변신할 수 있다는 한 가지 사실만은 제가 믿을 수 없사옵니다.

허깨비   사례 하나를 곧바로 보여주겠노라. (사자로 변신한다)

힌체   (덜덜 떨며 서류 가방을 꺼낸다) 이 놀라운 사실을 기록하는 걸 허용해 주십시오. 하지만 자연스럽고 고귀하신 각하의 본래 모습으로 다시 돌아오시기를 감히 청하옵니다. 무서워 죽을 지경이옵니다.

허깨비   (본래의 모습으로 돌아온다) 이제 됐나, 친구여. 어때, 놀라운가?

힌체   매우 그러합니다. 하지만 한 가지 더 청해도 될는지요. 사람들은 각하께서 아주 작은 동물로도 변신하실 수 있다고 얘기합니다. 황송하게도 저는 이걸 더욱 이해할 수 없사옵니다. 왜냐하면, 그렇게 된다면 각하의 고귀한 육신은 어디로 간 다는 것입니까? 이것만 말씀해 주십시오.

허깨비 그것 또한 내가 직접 보여주겠노라.

쥐로 변신한다. 힌체는 네 발을 들어 그 뒤를 쫓는다. 허깨비는 놀라 다른 방으로 도망치고, 힌체는 그를 추격한다.

힌체 (다시 돌아와) 자유와 평등이여! 악법은 철폐되었 도다! 이제 제3신분인 고틀리프가 정부의 수장 이 될 것이다.

객석에서 모두가 두들겨대며 야유한다.

슐로서 그만! 이건 혁명극이야! 모든 대사엔 알레고리와 신비주의가 깃들여 있네! 정말 최고야! 위대한 순간과 심오한 암시를 포착하고 종교적 깊이를 헤아리기 위해 모든 걸 다시 생각하고 느껴봐야 겠어! 기막히군! 객석에서 두드리기만 할 게 아 니라고! 직접 상연해 봐야겠군! 속물처럼 북이나 두드려 댈 게 아니라고!

객석에서의 두드림이 계속된다. 비제너와 다른 관객들은 박수친다. 힌체 는 매우 당혹스러워한다.

뵈티허   나, 난...

피셔   조용히 하시오.

뵈티허   난 말이...

뮐러   뭐라고 주절거리나? 이번엔 어떻게 허풍을 치나!

피셔   저러다 재갈이 찢어지겠소.

뵈티허   나, 나는 말이오...

피셔   어이쿠, 저러다 숨넘어가겠소.

뵈티허   치, 칭찬... (매우 큰 소리로) 칭찬해야겠소!!

재갈이 그의 입에서 날아가 오케스트라를 넘어 무대 위 힌체의 머리 위로 떨어진다.

힌체   오, 이럴 수가! 그들이 내게 돌을 던지다니! 머리가 깨져 죽겠어! (도주한다)

뵈티허   우리나라뿐 아니라 다른 제국에서도 비슷한 사례를 찾을 수 없는 이 비교 불가능한 사람이 지

닌 유일무이한 천상의 재능을 칭찬, 상찬하고 신
격화시키면서 또한 이와 비판적으로 대결해야만
하오. 그러나 안타깝게도 오! 이 망할 놈의 재갈
이 월계수로 둘러싸인 그의 존경스러운 머리 위
로 날아가는 바람에, 그를 찬양하고자 하는 나의
노력이 그에게 상처를 입혔다고만 여길 것이 틀
림없소.

피셔   마치 대포 소리 같구먼.

뮐러   맘껏 떠들고 칭찬하도록 놔두시오.

슐로서   오, 신비스러운 직관이 지닌 심오함, 이 심오함
이여! 오, 확실히, 확실히 말입니다, 소위 고양이
는 이제 산 위의 해가 뜨는 마지막 장면에서 무
릎을 꿇게 되고, 아침의 여명은 그의 투명한 몸
전체를 두루 비출 것이오! 오, 안타깝도다! 오,
안타까워라! 그리고 우린 이제 그 장면에 도달했
소. 이에 따르시오! 객석의 두들김은 계속될 것
이오. 아니, 여보시오, 날 놔주시오. 저리 꺼지라
고!

로이트너   여기 피셔 씨, 다행히도 오케스트라에서 튼튼한
새끼줄을 발견했소. 여기 있소. 어서 그의 손을
묶으시오.

뮐러   발도 묶어야죠. 미친놈처럼 발광해대니 말이오.

뵈티허   너 재갈이여! 너를 저 멀리 세상 끝까지 계속, 계속해서 날아가게 하는 건 내게 얼마나 식은 죽 먹기의 일인가. 댐을 부숴대는 폭풍 같은, 그리고는 다시 풍성하고도 말할 나위 없는 암시 및 인용과 더불어 옛 작가들의 구절들을 능수능란하게 구사하며 넘쳐나는 폭풍 같은 상찬을 받는 게 내겐 얼마나 쉬운 일인가. 오, 이 사람은 대체 어떤 우아함을 지니고 있길래 그러하단 말인가! 그가 잠시 쉬면서 무릎에서 또각거리는 소리를 낼 때, 그는 얼마나 자신의 피로함을 독창적으로 표현하고 있단 말인가! 진짜 예술가가 그러한 것처럼 땀 한 방울 흘리지 않고 말이지. 아니, 그럴 시간조차 없는 그는 최고이고, 유일하며, 초인적이고, 거대하며, 거인과 같은 사람이지!

피셔   완전히 찬양에 빠졌군. 마지노선이 무너져버렸어.

뮐러   그를 내버려 놔두시오. 슐로서 씨와 함께 있으니 상태가 훨씬 안 좋네요.

슐로서   아! 인류의 안녕을 위해 활동하는 비밀 조직이 등장하고, 자유가 선포될 것이오. 그리고 난 거기에 연결되어 있소!

아래 위 객석에서의 외침과 더불어 소란이 더 심해진다.

로이트너   극장을 몽땅 무너뜨릴 기세의 아수라장 판이로군.

작가   (무대 뒤에서) 아이고, 뭐라고! 내 좋을 대로 내버려 두시오. 난 어디서 구제받을 수 있을꼬? (무대로 돌진한다) 뭣부터 시작할꼬, 가련한 내 처지여? 연극은 곧바로 끝이야. 아마 모든 게 잘 진행되었을 테지. 난 이 도덕극으로 갈채를 받을 걸 기대했어. 왕궁이 여기서 그리 멀지 않다면, 위안자를 데려와야지. 그는 2막 끝 무렵에 모든 오르페우스 이야기를 그럴법하게 만들었지. 하지만, 난 바보 아닌가? 매우 혼란스럽군. 난 무대 위에 서 있고, 위안자는 무대 장치 어느 구석엔가 숨어있는 게 틀림없어. 난 그를 찾고 싶어. 난 그를 찾아야만 해. 그는 나를 구제해야만 한다고! (사라졌다가 다시 재빨리 돌아온다) 저기엔 없군. 위안자 씨! 텅 빈 메아리가 날 조롱하는구나. 너희 잘난 이들아, 오라! 그저 약간 맥락을 연결 짓는 비평을 해 다오. 그리고 지금은 화난 모든 제국이 다시 조용해질 것이다. 우린 모든 게 좋다고 생각해. 우린 그저 중심을 잃었을 뿐이야.

나 같은 관객 말이지. 중재자 씨, 위안자 씨! 이 대혼란을 끝낼 뭔가 더 좋은 비평을 해 주시오! 오, 안타깝도다. 그는 나를 떠나버렸구나. 하!!! 저기 그가 보이는구나. 그는 등장해야만 해!

객석에서의 소란으로 휴식 시간이 채워진다. 작가는 이 독백을 레시터티브 방식으로 처리함으로써 일종의 모노드라마가 연출된다.

위안자   (무대 뒤에서) 아니오, 난 등장하지 않겠소.

작가   과감히 나오시오. 그럼 확실히 횡재할 것이오.

위안자   너무 큰 소란이요.

작가   (완력으로 그를 밀치며) 세상은 당신을 기다리고 있소! 나오시오! 중재하시오! 위로하시오!

위안자   (실로폰을 들고 등장한다) 내 구제를 시도해 보겠소. (실로폰을 연주하며 노래한다)

이 성스러운 홀에서는
복수를 모르지,
그리고 사람이 죽으면
사랑은 그의 의무가 되네,
그러면 그는 친구의 손에서

기쁘고 즐겁게 더 좋은 곳으로 향하네.
이런 거친 소동은 무엇을 위함인가,
기이함을 위해서?
비평이 가해지면,
이 모든 것들은 진정될 것이네
그러면 우린 우리가 어디 있는지 알게 되고,
모든 아이들은 이상적인 것을 느끼게 되네.

무대가 변하면서 객석에선 박수 소리가 들려오기 시작한다. 마술피리로부터 불과 물이 뿜어져 나오기 시작하고, 위에서는 태양의 사원이 개방된 것이 보인다. 하늘이 열리고 주피터가 앉아 있다. 아래 지옥에는 타르칼레온이 있다. 무대에는 요괴들과 마녀들이 있고, 강한 조명이 내리쬔다. 관객들은 우레와 같이 박수치고, 모든 것은 대혼란 속에 놓여있다.

비제너　　　이제 고양이는 저 불과 물을 통과해야 하고, 그럼 연극은 끝나네.

왕, 공주, 고틀리프, 머리에 붕대를 한 힌체, 시종이 등장한다.

힌체　　　여기가 카라바스 공작의 궁전이옵니다. 대체 여기가 어떻게 바뀐 거지?

왕　　　아름다운 궁전이로고.

힌체　　　여기까지 온 이상 (고틀리프의 손을 잡으며) 먼저 불을, 그리고 물을 통과하셔야 합니다.
(고틀리프는 플롯과 북소리에 맞춰 불과 물을 통과한
다) 시험을 통과하셨습니다. 왕자님께서는 이제
나라를 다스릴 자격을 갖추셨습니다.

고틀리프 힌체야, 다스린다는 건 기묘한 일이야. 난 열탕
과 냉탕을 오갔구나.

왕 내 딸의 손길을 받아주시오.

공주 이 얼마나 행복한 일인가!

고틀리프 저도 그렇습니다. 폐하, 제 시종에게도 성은이
있기를 바라옵나이다.

왕 물론이오. 그에게 귀족 작위를 부여하노라. (고양
이 목에 휘장을 걸어준다) 그의 이름이 무엇이오?

고틀리프 힌체라 하옵니다. 출생은 미천하오나, 공적이 모
든 걸 뒤덮사옵니다.

레안더 (급하게 등장한다) 길 좀 내주시오! 길! (헤치고 나
아가며) 숭배하옵는 공주님과 그 부군을 축원하
기 위해 급전을 지참했사옵니다. (무대에 등장해
관객들에게 고개 숙여 인사한다)

할퀴어 대는 저 사악한 발톱에도 불구하고
선행은 완성되고
성공으로 향하는 수백 년의 세계 역사 속에서
선행은 찬연하게 빛나도다.
대개 거만한 생각 속에 깃들여 있는
저 허풍선이 추한 얼굴이 잊혀지면,
소박하고, 앙증맞으며, 조용하고, 참을성 많은
고양이를 찬양하는 사랑스러운 시편들과 노래가
아름다운 입술로부터 울려 퍼지리라.

위대한 힌체는 다리와 머리의 상처,
그를 조소하는 허깨비와 괴물에는
아랑곳하지 않은 채,
그의 종족들을 고귀하게 만들었다네.

고양이 종족들을 부당하게 취급하고
개들을 선호하는 어리석은 망상에 빠진다면
인간들은 힌체를 볼 면목이 없을 것이다!

열화와 같은 전적인 환호. 막이 내려간다.

에필로그

왕   (막 뒤에서 등장한다) 우린 내일 오늘의 공연을 다시 반복하는 영예를 얻게 될 것이오.

피셔   이 얼마나 뻔뻔한 일인가!

모두가 두들겨댄다.

왕   (혼란스러워하며 퇴장했다가 다시 등장한다) 내일이란 말이오. – 너무 강하면 부러지는 법이지.

모두   그래! 그렇다고!

박수갈채를 보낸다. 왕 퇴장한다. 사람들이 '마지막으로 장식, 무대 장식!'을 외친다.

막 뒤에서   알겠소! 무대 장식 등장이요!

막이 올라간다. 무대는 비어있고, 단지 무대 장식만이 보인다.

어릿광대	(고개 숙여 절하며 등장한다) 제가 무대 장식의 이름으로 감사의 말씀을 드릴 자유를 누리게 되어 송구합니다. 무대 장식이 그럭저럭 괜찮았다면 이는 당연히 그래야 했기 때문입니다. 앞으로도 눈 밝은 관객 여러분들의 찬사에 부응하기 위해 계속 노력하여, 램프나 필요한 장식이 결여되지 않도록 하겠습니다. 관객 여러분들의 찬사야말로 본 무대 장식에게 큰 응원이 될 것입니다. 오, 보십시오. 본 무대 장식이 눈물에 젖어 더 이상 말을 잇기 힘든 지경입니다.

어릿광대는 신속하게 퇴장하고 그의 눈물은 마른다. 1층 객석의 몇몇은 운다. 무대 장식이 철거되고, 사람들은 극장의 황량한 벽을 바라본다. 관객들이 퇴장하기 시작하고, 프롬프터는 박스 안에서 나온다. 작가가 공손히 무대에 등장한다.

작가	난 다시 한번 자유롭게 되었소.
피셔	아직 거기 계시오?
뮐러	당신은 귀가했어야만 했소.
작가	몇 말씀만 올리도록 허락해 주십시오! 내 작품은 망했습니다.

피셔 대체 누구에게 하는 말이오?

뮐러 우린 이미 알고 있었소.

작가 그건 아마 전적으로 내 탓만은 아닐 것입니다.

뮐러 품격있는 젊은이인 듯 보이지만, 우리가 붙들어 매지 않으면 미친놈처럼 좌충우돌하는 자의 탓이 아니라면? 우리 모두의 머릿속을 정신없게 만든 당신이 아니면, 대체 누구 탓이란 말이오?

슐로서 깨인 양반이여! 그대의 고귀한 연극은 바로 사랑의 본성에 대한 신비로운 이론이자 그 실현이 아니겠소?

작가 거기까진 모르겠네요. 전 단지 여러분 모두를 가장 어린 시절의 감정 상태로 놓음으로써, 동화 공연의 배후에 뭔가 더 중요한 게 있다는 식이 아니라, 공연의 존재 그 자체로 순수하게 느껴지도록 시도했을 뿐입니다.

로이트너 이보시오, 그건 쉽지 않겠소.

작가 그러려면 물론 선생이 받은 모든 교육을 두 시간 가량 구석에 밀어 넣어야만 하겠죠.

피셔   그게 대체 어떻게 가능하오?

작가   선생이 아는 지식을 모두 잊어버리는 것이죠.

뮐러   그게 왜 안되겠소!

작가   선생이 예술 잡지에서 했던 바 그대로 하시면 됩니다.

뮐러   하고 싶은 얘기만을 하시오!

작가   간단히 얘기하자면, 선생은 다시 아이가 되어야만 한다는 겁니다.

뮐러   허나 우린 더 이상 아이가 아니라는 걸 하나님께 감사하고 있소.

로이트너   우린 우리 교육을 위해 땀과 노력을 충분히 들였소.

사람들이 다시 북을 두드려댄다.

프롬프터   작가 선생, 시 몇 편 읊어보시죠. 그럼 아마 좀더 존경을 받게 될게요.

작가　　　한 편의 '크세니엔[24)]'이 떠오르는 듯하군요.

프롬프터　　그게 뭡니까?

작가　　　새로운 시 장르로, 설명하기보다는 느끼게 하는 것이오. (객석을 향해) 관객 여러분, 제 시를 그럭저럭 평가하겠다고 판단하신다면, 여러분은 저를 그럭저럭 이해한다는 것 또한 입증하십시오. (객석으로부터 썩은 배와 사과, 구겨진 종이 뭉치가 그에게 날아온다)
이 장르에서만큼은 저 아래 신사분들이 매우 엄격하군요.

뮐러　　　피셔 씨, 로이트너 씨, 같이 갑시다! 우린 슐로서 씨를 예술의 희생양으로 삼아 그를 집에 끌고 가려 합니다.

슐로서　　(그들에게 끌려가며) 당신들 맘대로 하시오, 이 비천한 영혼들이여. 그럼에도 불구하고 사랑과 진리의 빛은 이 세계를 관통할 것이오.

모두 퇴장한다.

---

24)　그리스 원어로 '선물'이란 의미로, 괴테와 쉴러가 1797년 그들이 공동으로 발간한 『뮤즈 연감 Musenalmanach』에 수록한 논쟁적 시편들을 가리킨다.

작가	나도 집에 가야겠소.
뵈티허	크! 크흑! 작가 선생!
작가	무엇이 맘에 드시오?
뵈티허	이전에 나는 선생에 반대하지는 않았소. 그런데 덕성 높은 힌체의 역을 맡은 배우의 유일무이한 매혹적인 연기를 보고, 난 드라마 구성의 기예를 완전히 파악했다는 말을 더 이상 할 수 없게 되었소. 이것도 모르고 이제까지 떠들어댔지 뭡니까. 그저 지금 궁금한 건 이 위대한 배우가 아직 극장에 머물러 있나 하는 것이요.
작가	없소. 그런데 그에게 무슨 용건이신지요?
뵈티허	그에게 약간 경의를 표하고 그 위대함을 설명하는 것 외에 다른 건 없소. 자, 그럼 내가 우리 시대와 인간들의 야만을 입증하는 징표로서 보존하고자 하는 저 재갈을 건네주지 않으시겠소.
작가	여기 있소.
뵈티허	항상 감사의 마음으로 선생의 호의에 대해 기억하겠소. (퇴장한다)

작가   오, 너 배은망덕한 시대여!

퇴장한다. 아직 극장에 남아 있던 몇몇 사람들도 귀가한다.

완전한 종결

클라라와 아우구스테는 이 낭독에 매혹되었다. 로잘리는 그리 많이 웃지는 않았고, 에밀리는 연극이 연극을 패러디하고자 하고 그럼으로써 연극이 연극과 함께 진행되었다는 점을 꽤 진지한 태도를 취하면서 책망했다.

빌리발트는 "이는 자기 자신으로 복귀하는 일종의 원형 구조인데, 여기서 독자는 종결부가 바로 도입부와 같다는 걸 알게 되지"라고 말했다.
만프레트가 물었다. "그럼 여기에서 어떤 출발이 이루어질까? 우리가 이미 아리스토파네스[25]에게서 봤던 것처럼, 극의 성립은 또한 극에 대한 농담과 더불어 성립하지. 이 극은 자기 자신을 아이러니화하는 것을 거의 포기할 수 없는데, 이는 통상적인 시문학은 물론, 예술 일반에는 더더욱 해당되지 않는 특성이야. 왜냐하면 우리 안에 지닌 놀라운 모순, 즉 인간 정신이 지닌 이중성과 양가성에 이 극이 기반하고 있기 때문이지. 가장 큰 생동감을 가지고 역사를 우리 앞에 현존케 하려는 놀라운 연극적 의도를 셰익스피어는 그의 비극에서 한 번 이상 아이러니화 했어. 거기에서 그는 연극을 어느 순간엔 진리의 표현으로 만들었다가, 다른 순간엔 반대로 연극

---

25)   Aristophanes(BC 450/444 - BC 380): 고대 그리스의 대표적인 희극 작가로, 〈구름〉, 〈새〉, 〈개구리〉 등의 대표작이 있다.

자체를 허위이자 불충분한 모방으로 각하시켰지. 그가 극 안에서 그 극이 설명될 때 이루어지는 - 요즘의 거의 모든 예술 교과서가 예언하고 있는 - [연극적] 가상의 파괴를 두려워하지 않았다는 점은 매우 확실해."

아우구스테가 말했다. "빌리발트는 낭독 시간 내내 우리와 낭독자에게 무례한 태도를 보였어. 만약 그가 자신의 불손함을 좀더 유치하고 아둔한 비슷한 희극을 통해 보상하지 않으면, 난 앞으로 그를 완전히 무관용으로 대할 것이야."

빌리발트는 조용히 고개를 숙여 사과의 뜻을 표했다. 에밀리가 계속 말했다. "나는 또한 등장인물들을 부각시켜 웃음거리로 만드는 농담 기법을 인정할 수 없어. 왜 유쾌한 정조가 사람들을 서로 격분하게 해야 하는 거지?"

만프레트가 말했다. "만약 그런 일이 일어난다면, 그 정조는 유쾌한 게 아니지. 하지만 희극, 그리고 예술 일반은 등장인물의 성격 없이는 존립할 수 없는 게 사실이야. 그리고 난 극의 공연이 단지 적대적이거나 증오에 가득 찬 고발이 아니라면, 거기에 즐거움이 지닌 순수함을 방해할 여지는 없으리라고 봐. 환상이 흥겨움 속에서 과장된다는 점은 자명해. 만약 그렇지 않다면 그 공연은 시문학적이지 않거나, 더 나아가 공연 자체가 될 수 없기 때문이지. 바로 이 점으로 말미암아 우리는 아리스토파네스의 희극에서 풍자되는 소크라테스의 모습을 보고 즐거워하는 거야. 우리가 이 유명한 철학자에 대해 지금까지의 신성함으로 채색된 허상 이상의 참된 모습을 얻고자 한다면, 우리는 그를 두고 크세노폰과 플라톤이 한 말들 외에 그에 대한 저 희극 작가의 형상화 또한 이 현실 속으로 가져와야 한다고 나는 생각해. 예술이 자신의 이미지가 지닌 진실을 풍자의 견지로부터 꿰뚫어 보지 못한다면, 그 어떤 매혹적인 힘도 가질 수 없어. 자, 그럼 이 정도로 할게. 난 작품을 계속 낭독해야 하니까. 나는 앞서 만프레트가 바로 자기 자신으로 복귀한다고 책망했던 저 원형 구조를 다시 이 작품에서 발견하기를 원한다면, 내가 지금 읽을 이 작품을 우리 에밀리의 저 휴머니즘이 비난할 수 없으리라 희망하는 바야."

작품 해설[01]

루드비히 티크의 〈장화신은 고양이〉
- 작품 형식의 아이러니와 예술의 이념

I. '시작하며'

이 책은 독일 낭만주의의 대표 작가 중 한 사람인 루드비히 티크(Ludwig Tieck, 1773-1853)가 1797년 출간한 〈장화신은 고양이〉를 번역한 것이다. 이 작품은 먼저 〈장화신은 고양이 / 막간극, 프롤로그, 에필로그 및 전체 3막으로 이루어진 아동 우화 Der gestiefelte Kater. / Kindermährchen in drei Akten, mit Zwischenspielen, einem Prologe und Epiloge〉라는 제목 하에, 총 3권으로 이루어진 『전래우화 Volksmährchen』중 2권의 첫 작품으로 수록되어 처음으로 세상의 빛을 보게 된다.

이 드라마는 이후 1812-16년 플롯의 얼개는 그대로이지만 여타 세목들이 대폭 수정된 형태로 전 3권으로 이루어진 『판타수

---

01)   이 해설은 역자의 졸고 「작품 형식의 아이러니와 예술의 이념 - 루드비히 티크의 「장화신은 고양이」를 중심으로」(독일어문학, 2019, 84호)를 대폭 수정, 요약한 것이다.

스 Phantasus』의 2권에 포함되어 재출간된다.[02] 에필로그와 프롤로그 사이에 위치한 전체 3막을 이루는 중심 소재는 티크의 희극이 씌어진지 정확히 1세기 전인 1697년에 출간된 샤를 페로(Charles Perrault, 1628-1703)의 이야기집『도덕성이 곁들어진 옛 시절의 이야기들 Histoire ou Contes du temps passé, avec des moralités』에 수록되어 있는 아동우화 〈고양이 선생, 혹은 장화신은 고양이 Le maître Chat ou le Chat botté〉로부터 유래한 것이다.[03] 이 점에서 티크의 드라마 〈장화신은 고양이〉 전체는 그 부제가 지시하듯, 페로의 아동우화를 소재로 삼아 각색된 동화극을 중심으로 삼고, 동시에 관객, 기술감독, 작가 등 이 극 자체를 성립 가능케 하는 여타 제반 요소와 조건을 전체 동화극 안에 다시 포괄한다. 이는 극 자신이 스스로에 대해 자기반성 Selbstreflexion을 행하는

---

02) 본 역서는 바로 이『판타수스』판을 기본으로 삼고 있다. 티크의 여러 저작들을 새로운 편집의 프레임 안에 종합하여 수록된『판타수스』저작은 일종의 파라텍스트 Paratexte 형태를 띠고 있다. 準텍스트로도 번역될 수 있는 이 파라텍스트는, 작가명, 제목, 헌사, 모토, 서문, 후기 등 텍스트의 본문 내용에 대비되어 일견 주변적인 것으로 간주되지만, 본문을 둘러싸서 틀을 짓는 역할을 함으로써 본문의 성립을 가능케 하는 제반 조건들을 지칭한다.『판타수스』에서는 일종의 독서모임 상황이 전체 틀로 상정되어 있는데, 한 사람이 대표로 각 작품을 읽은 후 나머지 성원들이 낭독한 극에 대해 여러 다양한 의견을 나누는 대화록이 매 작품 뒤에 추가된 형태이다.

03) 페로의 우화는 적어도 세 가지 출처를 지니는 것으로 파악된다. 첫째는 죠반니 프란세스코 스트라파롤라(Giovanni Francesco Straparola, 1480-1558)의『흥겨운 밤들 Le piacevoli notti』의 프랑스어 번역판『열 명의 숙녀들과 몇몇 신사들이 얘기하는 아름답고 수수께끼같은 여러 이야기들이 수록된 스트라파롤레의 흥겨운 밤들 Le facecieuses Nuits de Straparole, contenant plusieurs beaux contes et énigmes racontés par dix damoiselles et quelques gentilshommes』(1579)의 9번째 밤의 이야기, 둘째로는 노르웨이의 이야기집『피에르 씨 Maître Pierre』, 세 번째로는 유럽에서 가장 오래된 동화집으로 꼽히는 잠바티스타 바실레(Giambattista Basile, 1566/75?-1632)의『동화들 중의 동화 Lo cuni de li cunti』(일명『펜타메로네 Pentamerone』)에 수록된 노벨레『갈리우소 Gagliuso』가 꼽힌다. 이러한 다양한 출처를 배경으로 삼고 있는 페로의 동화가 다시 티크 희곡 내의 동화극으로 이전되고, 이에 대해 또한 누차 새롭게 이루어지는 비평적 반성행위가 지니는 의미에 대한 고찰은 이 해설의 말미에서 언급될 것이다.

'극 중 극'의 독특한 구조로 이루어져있다.

형식 층위에서 이러한 고유한 특성은 연구사에서 누차 지적되어 왔듯, 당대 및 고전 유럽 문학의 전통으로부터 비롯된 것이다. 이 드라마 작품의 자기반성적 구도는 멀리 아리스토파네스의 희극에서 특징적인 파렉바제 Parekbase 형태에까지 거슬러 올라간다. 이는 또한 티크 자신이 독일어로 번역하기도 한 세르반테스의『돈키호테』(1605-15, 티크의 번역판은 1799-1801년에 총 4권으로 출간)와 더불어 그가 청년기부터 집중적으로 연구했던 작가 셰익스피어의 〈한여름 밤의 꿈〉(1595-96, 아우구스트 빌헬름 슐레겔의 번역판 출간은 1797년)에서도 특징적으로 드러나는 형식이기도 하다. (외부 개입을 통해 연극의 가상의 틀을 침해하는 이러한 고유한 구조는 20세기에 들어서 이탈리아 피란델로의 드라마나 브레히트의 서사극 형식과 비교되기도 한다.) 그리고 이러한 극 중 극 형태야말로 발터 벤야민(Walter Benjamin, 1892-1940)이 박사논문『독일 낭만주의에서 예술비평의 개념』(1920)에서 지적했듯, "형식의 자발적인 파괴"를 "가장 극단적인 형태"로 보여주는 아이러니의 특성을 구현하고 있다고 제시한 근거가 된다.[04]

이제까지 연구사에서 〈장화신은 고양이〉는 낭만주의적 아이러니에 대한 "하나의 특징적인 사례", "모델구조", "전형적 예시", "제일의 사례" 등으로 지칭되면서, 이 개념을 예술적인 차원에서

04) "낭만주의의 산물들 중에서, 혹은 아마도 문학 전반을 통틀어 티크의 드라마들이 가장 극단적인 형태로 보여주고 있듯, 형식의 아이러니화란 형식의 자발적인 파괴에 그 본령이 있다"(발터 벤야민/ 심철민 옮김(2013):『독일 낭만주의 예술비평 개념』도서출판b, 135쪽(독자들의 참조를 위해 번역판 쪽수를 제시하지만, 번역은 필자 자신의 것임. 이는 이후 다른 번역판 인용에서도 동일하게 해당됨)). 벤야민이 지적하고 있듯,『장화신은 고양이』(1797)와 더불어『전도된 세계 Die verkehrte Welt』(1799),『체르비노 왕자 Prinz Zerbino』(1799) 등 루드비히 티크의 희극들은 작품 형식의 차원에서 아이러니를 "가장 극단적인 형태로" 실현시키고 있는 전형적인 사례들로 꼽힌다.

실현한 대표적인 범례로 간주되어 왔다. 그렇다면 구체적으로 어떠한 방식으로 이 드라마는 형식의 층위에서 아이러니를 구현하면서 동시에 이 형식을 '파괴'하고 있는가? 이 질문에 대한 답변을 위해서는 먼저 티크의 드라마가 산출될 시기와 거의 동시적으로 발전된 낭만적 아이러니 개념에 대한 사전 검토가 필요하다.

II. 형식의 아이러니: 형식의 파괴와 작품의 파괴 불가능성

티크가 〈장화신은 고양이〉를 집필한 동일한 시기에 그가 "아이러니의 아버지"이자 "가장 탁월한 아이러니적 인물"로 지칭한 초기 낭만주의의 대표주자 프리드리히 슐레겔(Friedrich Schlegel, 1772-1829) 또한 이론적인 차원에서 이 아이러니 개념을 독자적으로 정립해 나갔다. 전통 수사학에서 말과 의미 간의 전도 inversio 혹은 왜곡 dissimulatio 관계를 포괄적으로 지칭하는 이 개념이 낭만적 아이러니라는 이름으로 지성사에 등재되면서 철학적 및 시문학적 차원에서 중요한 의미를 지니게 된 것은 바로 슐레겔의 결정적인 공헌이다.

1797년 『리체움 Lyceum』지에 실린 127개의 단상과 이듬해 초기 낭만주의의 기관지라 할 수 있는 『아테네움 Athenäum』지에 수록된 500여개의 단상들은 청년 슐레겔이 발전시킨 아이러니 개념과 더불어 이를 포괄하는 낭만적 시문학의 기본 원리들을 담고 있는 대표적인 작업에 속한다.[05]

---

05) 위 단상들에 대한 번역은 다음을 참고하라: 『필립 라쿠-라바르트, 장-뤽 낭시 지음/ 홍사현 옮김 (2015): 문학적 절대. 독일 낭만주의 문학 이론』 그린비, 119-263쪽. 인용 편의를 위해 리체움 단상의 해당 구절은 '(L 단상번호)'로, 아테네움 단상은 '(A 단상번호)'의 형식으로 표기한다.

통상적으로 낭만적 아이러니란 예술작품의 생산자로서 예술가가 자신의 작품에 대해 취하는 자유로운 자의식적인 태도, 즉 예술작품과 더불어 동시에 이를 가능케 하는 조건에 대해서도 반성함으로써 "자신의 예술에 대해 철학적으로 사유하는"(A 255) 행위와 태도를 지칭해 왔다. 그렇다면 예술가란 해당 예술작품이 지니는 가상과 더불어 그 가상의 피안에 놓인 작품의 산출 근거에 대해서도 냉정히 성찰하는, 혹은 "생산을 가능케 하는 바를 생산물과 함께"(A 238) 서술할 줄 아는 양가적 능력을 갖춘 사람이다. 그렇다면 『리체움』 108번 단상에서 슐레겔이 소크라테스적 아이러니를 두고 언급했던 "모든 자유로움들 중에서 가장 자유로운 것"(L 108)인 작가의 자유로움이란 작품의 가상에 매몰되지 않은 채 이 가상을 "무조건적 자의에 의거해 매 순간 자유롭게 중단시킬 수 있는"(L 37) 능력까지도 포함하게 된다. 그러나 예술가의 자유로움과 "무조건적 자의"를 언급했다 해서, 이를 곧바로 고삐 풀린 주관주의적 편향과 연결시켜서는 곤란하다. 왜냐하면 아이러니의 자유로움을 두고 슐레겔은 곧바로 같은 단상에서 이는 "또한 가장 법칙적이다. 왜냐하면 이는 무조건적으로 필연적이기 때문이다"(L 108)라고 덧붙이고 있으며, 일견 "무조건적인 자의"로 보이는 것 또한 "전적으로 필연적이고 이성적이어야 한다"(L 37)라고 명시하고 있기 때문이다. 그러므로 여기에서 언급된 '자의성'이란 자유와 필연성 간의 통일을 지칭하는 것으로서, 바로 규율과 법칙을 스스로에게 자유로운 근거에 의거하여 부과할 줄 아는 주체의 자율적 능력을 의미하는 것으로 이해되어야 한다.

이러한 측면은 특히 37번 단상에서 핵심적인 지위를 점하는 "자기제한 Selbstbeschränkung"의 개념 아래 집약되어 표현된다.

앞서 주체의 자유라는 말이 야기하는 인상이 그러했듯, 낭만주의 일반에 대해서도 또한 시적 감수성의 무제한적 발산이나 공허하고 과장된 예술적 재현 등과 같은 이미지로 덧씌워져 있는 경우가 일반적이다. 그러나 자기제한의 개념 하에서 주체적 아이러니가 작동하는 방식은 이러한 통념과는 정반대라는 근거를 여기에서 찾을 수 있다. 즉, "예술가가 무언가를 고안해 내고 그에 대해 열광의 상태에 처해 있는 한, 그는 소통의 측면과 관련하여 적어도 자유롭지 못한 상태에 처해있는 것"(L 37)이다. 이와는 달리 자기제한이란 바로 스스로를 "매 순간 자유롭게"(ibid.) 제약할 수 있는 능력이며, 그럼으로써 이 제한이란 동시에 절대적이고 무제약적인 차원과의 연결을 가능케 하는 계기이자 조건이 된다. 이렇게 슐레겔이 자기제한을 "예술가와 인간에게서 시작이자 끝이며, 가장 필수적이면서 최고의 것"(ibid.)이라 지칭한 것은 바로 이러한 자기 제약과 자기 확장 간의 변증법적 운동을 가능케 하는 필연적인 계기를 서술한 데에 다름 아니다.

이렇게 자기확장은 자기제약을 조건삼아 이루어지고 또한 동시에 자기제한은 "모든 것을 조망하고 모든 제약된 것 위로 스스로를 무한히 고양시키는"(L 42) 초월성 정조 하에 자신의 한계를 인식하면서 자기발전의 방향을 인도받게 될 때, 양 측면 간에는 서로를 조건 지으며 발전시켜나가는 상호침투의 맥락이 형성된다. 즉, 아이러니 하에서 양자의 관계는 "무조건적인 것과 조건적인 것, 완전한 전달의 불가능성과 그 필연성 간의 해소 불가능한 쟁투"(L 108)로 특징지어지게 되고 "자기창조와 자기부정"(L 28, 37)이 공존하게 되면서 그 안에선 "모든 것이 농담이자 동시에 진지함이며, 모든 것이 충심으로 개방되어 있고 동시에 모든 것이

심히 뒤틀려 있는"(L 108) 양가적인 상호 관계의 맥락이 형성되고 발전하게 되는 것이다.

그런데 이러한 상호침투의 구도를 극단까지 밀고 나아가게 된다면, 양 대립극 간의 통일이란 하나의 확정된 형상이나 실체로서 도달 가능한 것이 아니라 영원히 유예되는 성질의 것이 될 수밖에 없다. 저 유명한 〈아테네움〉 116번째 단상에서 "진전적 보편시문학 progressive Universalpoesie"의 개념 하에 슐레겔이 서술하고 있듯 예술가와 예술작품, 주체와 객체의 양 대립극 간에 이루어지는 시문학적 반성의 행위로부터 산출되는 낭만적 시문학이란 "서술된 것과 서술하는 것 사이에서, 모든 현실적이고 이상적인 이해로부터 자유로운 채 시적 반성의 날개들 사이의 한 가운데에서 부유하는 것이며, 이 반성을 항시 재차 잠재적으로 증대시키면서 마치 일련의 거울상들처럼 그 수를 무한히 늘려나가는"(A 116) 것이다. 즉, 아이러니에 근거하여 정초된 낭만적 시문학이란 바로 예술의 가상과 그 파괴, 기표와 기의, 제약과 무한, 개별성과 보편성 간의 무한한 상호침투, 혹은 "자기창조와 자기부정 간의 부단한 교호"(A 51) 그 자체이기에, 완결이 아니라 생성, 목표가 아니라 과정, 고정된 실체가 아닌 역동적 관계 형성 그 자체에 자신의 본령을 두게 된다. 그리고 이 과정이야말로 낭만적 시문학이 "단지 영원히 생성될 뿐이며 결코 완결될 수 없다는 근원적 본질"(A 116)을 지니고 있음을 확인시켜주는 바에 다름 아니다.

이렇게 대상을 두고 견지하는 주체의 자유로운 부정의 정신과 태도를 포괄적으로 지칭하는 아이러니에 대해 헤겔(G. W. F. Hegel, 1770-1831)이 가한 강도 높은 비판은 잘 알려져 있다. 이 프로이센의 국가 철학자의 눈에 아이러니적 주체란 피히테의 자아처럼 "완전히 추상적이고 형식적으로만 남아 있는 자아[06]"에 불과한 것이어서, 주체의 자기발전이 도달할 최종 목적인 절대지와 인륜성과 같은 "참된 것 내지 그 자체 속에서 실제적인 내용 그 자체"란 그저 이러한 "한 개인 안에서, 그리고 그를 통해서 스스로 부정적인 것으로 표명"(Ä 97)될 따름이다. 그러므로 헤겔에게 "일종의 **신적인 천재성**으로서 아이러니적/예술가적 삶이 지니는 이러한 능수능란함"(Ä 95. 강조는 원문) 안에서는 "텅빈 공허한 주체가 지니는 부정성의 감정"만이 지배적일 따름이고, "거기에 이러한 공허함으로부터 벗어나 자신을 실제적인 내용으로 채울 수 있는 힘은 부재하다"(Ä 96).

그러므로 헤겔에게 아이러니가 지닌 부정성 안에서 "모든 실질적인 것, 인륜적인 것, 그리고 그 자체로 내용으로 충만한 것들은 **공허함**에 불과하고, 모든 객관적인 것과 즉자/대자적으로 유효한 것들은 부질없음"(Ä 96. 강조는 원문)에 지나지 않으며, 이러한 아이러니적 주체에게 "모든 것은 자기 자신의 주관성을 제외하고는 무화되고 덧없는 것"(ibid.)으로 드러날 따름이다.

아이러니에 대한 헤겔의 이러한 신랄한 비판은 낭만주의 일반을 "병적인 영혼의 아름다움과 동경성"(ibid.)과 같은 부정적인 인상으로 각인시켰던 제반 흐름의 연장선상에 있다 할 것이다. 그러나 적어도 슐레겔의 아이러니 구상을 과연 이러한 공허한 주관성과 부정성의 표지 하에 전적인 파문의 대상으로 삼을 수 있는지 여부에 대해서는 여러 측면에서 반론이 가능하다. 물론 그의 수많은 원고와 단상들 중 적잖은 부분을 근거로 그에 대해 이러한 주관주

---

06)   G. W. F. Hegel(1970): Vorlesungen über die Ästhetik, Ffm, 93쪽(이하 본문 인용 시 '(Ä 쪽수)'로 표기).

의적인 혐의를 둘 수도 있다. (가령 자주 인용되듯, 낭만적 시문학은 "작가의 자의 외에 어떤 법칙도 용인하지 않는다는 것을 제일의 법칙으로 인정"(A 116)한다는 구절이 대표적이다.) 그러나 벤야민이 지적한 바처럼 "超고전주의적 ultraklassizistisch"인 청년 시절부터 "엄격히 가톨릭적"(벤야민 131)인 장년 시기에 이르는 인물 슐레겔의 전체적인 삶의 여정 자체가 이러한 주관주의적 의혹을 상당 부분 완화시켜줌에 틀림없다. 그러나 "아이러니의 부정성"(Ä 96)이라는 낙인 하에 그의 아이러니 개념이 객관적 차원을 결여하고 있다는 헤겔의 비판을 방어하기 위해서는 좀더 적극적인 작업이 필요하다. 그렇다면 이제 종합적으로 해명되어야 할 사안은 아이러니가 지니는 비판적이며 생동하는 부정성이 자의적이고 악무한적 파괴의 공허한 주관주의로 나아가는 것을 방지하면서도 동시에 그 객관적인 차원을 '본질적이고 실제적 내용'과 같이 헤겔적으로 고착화된 방식으로 환원시키지 않는 '제3의 길'이 어떻게 성립 가능한가 하는 물음이다.

벤야민이 자신의 낭만주의 박사논문에서 형식의 아이러니라는 표제 하에 이를 논하면서 바로 티크의 희곡을 그 대표적인 사례로 제시한 이유는 바로 이러한 문제의식 하에서 비롯된 것이다. 헤겔의 슐레겔 비판에 대해서도 익히 인지하고 있었을 벤야민이 헤겔에 대해서는 일언반구 없이 슐레겔을 비판적으로 구제하고자 한 의도는 슐레겔의 주관주의적 측면이 지니는 문제보다는 헤겔의 고착화된 객관주의가 함축하고 있는 위험에 대한 비판적 시각이 더 우세했기 때문일 것이다. (그리고 또한 이와는 반대로 슐레겔에게는 그에게 제기된 주관주의의 의혹을 넘어서는 객관주의적 지향 또한 자체 내에서 발견되는 반면, 주관주의의 생동성이라는 계기가 장년의 보수화된 국가철학자 헤겔에서는 더 이상 발견할 수 없다는 점 또한 작용했을 것이다.) 그러므로 이제 이러한 문제를 극복하기 위한 첫 출발점은 부정성을 사상시킨 채 헤겔식으로 고착화된 최종목적으로서의 실제적이고 내용적인 측면만을 강조하는 것이 아니라, 무엇보다 먼저 부정성과 파괴라는 생동하는 비판적 계기를 바로 작품의 형식이라는 차원으로 포괄함으로써 그 객관적 차원을 확보하는 것이 된다. 그럼으로써 아이러니를 주체의 부정성이란 공허하고 덧없는 악무한적 공회전이 아니라, 바로 작품 형식에 객관적으로 내재된 자기운동의 양상으로 파악할 수 있게 되는 것이다. 슐레겔이 〈아테네움〉239번 단상에서 "모든 것이 시문화되어야 한다"고 하면서 이를 "예술가의 의도로서가 아니라, 작품의 역사적 경향으로"(A 239) 이해해야 한다 했을 때, 그는 정확히 아이러니를 작가라는 주관적인 차원을 넘어 바로 작품에 내재적인 객관적 차원에서 작동하는 것으로 파악하고 있는 것이다.

그렇다면 이제 아이러니란 작가의 주관이 아닌 작품 형식에 내재하는 객관적 차원에서 파괴와 부정을 매개로 하여 작동하는 원리가 된다. 그리고 바로 이러한 계기를 통해서만이 비로소 헤겔적인 보편성의 요청을 동시에 헤겔적인 고착화 없이 충족시킬 수 있게 되는 것이다. 그러므로 슐레겔의 낭만적 아이러니를 두고 벤야민이 헤겔과 갈라지는 결정적 지점은 그가 바로 헤겔이 문제시했던 그 부정과 파괴의 계기를 객관적 차원으로 이전시켜 계속 고수함으로써, 이를 형이상학적 절대성의 성립을 위한 필수적인 조건으로 삼았다는 데에 있다. 즉, 헤겔과 벤야민 양자 모두 예술에서의 절대적이고 보편적인 차원을 예술이 도달할 최종 목적으로 상정하고 있다는 점에서는 공통되지만, 벤야민의 경우 예술의 이념이라는 보편적인 차원이 계속해서 생동성을 확보하기 위해서는 바로 객관적인 차원에서 확보된 부정성이 항시 전제되어야 한다는 바를 분명히 했다는 점에서 헤겔과 갈라서게 된다. 헤겔이 요청한 '진리', '인륜성', '실체적인 것' 등의 제반 목적은 바로 비헤겔적, 아니 반헤겔적 방식으로서만이 비로소 성립 가능케 되는 것이다.

그러므로 이제 벤야민이 "예술의 이념"이라는 표제 하에 설정한 개별 작품과 최고도의 절대적인 차원 간의 관계 또한 아이러니적 성격을 띠게 된다. 즉, 형식의 아이러니란 작품의 "형식을 진지하고도 돌이킬 수 없는 방식으로 해소시키는" 것이자 동시에 이를 계기로 "개별 작품을 절대적인 예술작품으로 전환, 즉 낭만화하기 위한"(벤야민 136) 이중적인 과제를 수행하는 것이다. 궁극적으로 "초기 낭만주의가 지닌 신비주의적인 근본확신"으로서 "작품의 파괴 불가능성에 대한 믿음"(벤야민 140)이란 바로 이러한 작품의 형식 자체에 내재한 객관적인 자기부정과 파괴를 매개로 해서만이 이루어지게 되는 것이다.

그러므로 형식의 아이러니라는 표지 하에 "티크의 아이러니적 드라마나 장 파울의 해체된 소설들"을 범례로 삼아 벤야민이 주장하고자 한 핵심은 다음과 같이 양가적인 속성을 지닌다: "형식의 아이러니는 근면이나 성실함과 같은 작가의 의도적인 태도가 아니다. 이는 흔히 그러하듯 주관적인 무제한성의 표지로 이해되는 것이 아니라, 작품 자체의 객관적인 계기로 추앙되어야 한다. 형식의 아이러니란 역설적인 시도, 즉 파괴를 통해 형상을 구축함과 동시에, 작품 자체 안에서 이념과 작품과의 관계를 드러내는 것을 의미한다"(벤야민 140). 그렇다면 이제 남은 과제는 이 파괴를 통해 동시에 구축되는 작품과 절대적인 예술의 이념 간에 맺어지는 관계 맥락이 바로 낭만적 아이러니를 체현한 대표작으로 꼽히는 티크의 드라마 〈장화신은 고양이〉에서 어떻게 실현되고 있는지 그 구체적인 실현과 전개 양상을 면밀히 따져보는 것이 된다.

III. 가상의 파괴와 예술의 이념

1. 연극적 가상의 교란과 파괴

먼저 티크의 드라마 〈장화신은 고양이〉 전체를 통해 가장 전형적으로 드러나는 특성은 무대라는 가상이 그 '외부'에 놓여 있는 관객의 개입에 의해 교란되고 파괴된다는 점이다. 이는 연극의 시작 전 관객들 간의 대화로만 이루어져 있는 프롤로그 및 각 막의 사이에 배치된 막간극에서뿐만 아니라, 막이 진행되고 있는 중간에서도 또한 수시로 이루어진다. 다음은 동화극 초반에 막내아들 고틀리프가 신세를 한탄하는 중 그에게 고양이 힌체가 처음 등장하여 말을 거는 장면이다:

고양이 힌체　　[...] 친애하는 고틀리프, 그대 처지가 정말 안됐네.

고틀리프	(놀라며) 뭐라, 고양이가 말을 하다니?
예술 판관	(객석에서) 고양이가 말을 해? 이게 대체 뭔 일이야?
피셔	그럴법한 환상에 속아 넘어갈 순 없지.
뮐러	여기에 속느니 내 평생 연극을 다시는 안 보고 말지.
힌체	난 말할 줄 알면 안 되나, 고틀리프?
고틀리프	이거 전혀 예상 밖인데. 말하는 고양이는 내 평생 듣도 보도 못했는데 말이야.

[1막 1장, 작은 농부의 방]

힌체와 고틀리프가 등장인물로 출현하는 아동극 〈장화신은 고양이〉가 지닌 가상이란 무대 외부의 관객석에 앉아 이를 관람하는 피셔와 뮐러 등 평범한 시민 관객들의 '비평'적 개입에 의해 중단되고 교란된다. 그리고 이러한 가상의 파괴란 작가 티크의 "무조건적인 자의"로부터 비롯된 것이라기보다는, 이 작품 형식 자체에 내재함으로써 작품의 자기전개를 위한 객관적이고 필수적인 계기가 되는 것이다. 그리하여 〈장화신은 고양이〉라는 본래의 동화극은 일군의 '비평가'들, 즉 관객들을 매개로 하여 비평적 거리를 두고 자기 자신에 대해 반성하는 계기를 바로 그 객관적 형식의 층위에서 확보하게 된다. 이렇게 티크의 드라마에서 드러나는 "아이러니의 반성적인 성격"이란 바로 "관객, 작가, 연출가들이 같이 상연을 한다"는 점을 통해 관철된다.

　일단 적어도 위의 구도에서는 '외부'의 관객들이 무대라는 가상의 '내부'를 관찰할 수 있지만, 반대로 그 '내부'에서는 '외부'를 인식하지 못하고 있다. 그러나 이후 장면에서 누차 확인되듯, 연극의 자기반성적 차원에서 가상의 교란이란 무대라는 가상 '내부'에서부터도 일어난다:

왕	[...] 한 가지만 말해보오. 저 먼 나라에 사는데도 우리말을 어찌 그리 유창하게 하시오?
나타나엘	쉿!
왕	뭣이?
나타나엘	쉿! 조용하십시오!
왕	영문을 모르겠군.
나타나엘	(조용히 속삭인다) 그 말씀은 하지 마십시오. 그렇지 않으면 연극이 매우 어색하다는 걸 나중에 저

아래 관객들이 알아챕니다.

왕　　　　　무슨 상관인가. 아까는 박수도 치던데. 나도 뭔
　　　　　　가 보여줄 수 있고 말일세.

나타나엘　　그건 제가 폐하 나라의 말로 얘기해야 극의 앞뒤
　　　　　　가 제대로 맞기에 그런 것입니다. 안 그러면 연
　　　　　　극을 이해할 수가 없게 되니까요.

　　　　　　　　　　　　　　　　　　[1막 2장, 궁전의 홀]

　극중에 극 '외부'의 관객들이 출현한다는 점은 앞서와 동일하지만, 한 가지 차이는 극 '안'의 인물들이 바로 그 '안'을 가능케 하는 조건으로써 '밖'을 인지하고 있다는 점이다. 즉, 여기에서 극 '내부'의 등장인물인 나타나엘과 왕은 자신들이 그 '내부'에 있다는 것을 스스로 의식하면서 그 자신이 실패하지 않고 완성적으로 존재하기 위한 유의사항을 바로 다름 아닌 극 '내부'에서 언급하고 있다. 그럼으로써 이러한 극중 가상이 앞서처럼 관객이라는 '외부' 뿐만 아니라, 그 '내부'에서도 또한 교란의 계기를 맞게 된다는 점을 보여준다. 물론 이러한 교란이라는 것이 사전에 치밀하게 설계된 작품 자체의 총체적인 구도를 상정하고 이루어진 시도라는 점은 명백하다. 그러므로 이 작품은 교란이 지니는 위험에 대해서도 자각하고 있다는 점을 스스로 드러냄으로써 극 자체의 존속을 가능케 하는 반성적 질서 또한 내부에 존재하고 있음을

확인시켜주고 있다. 그런데 내부로부터 비롯된 가상의 교란이(그
것이 실수이건, 혹은 과도한 자의적 개입이건 간에) 과도해지면서
한계를 넘어서게 된다면 극 전체 구조를 무너뜨릴 위험이 다분해
진다:

힌체   맹세컨대 난 널 행복하게 만들어 줄 거야. 그리
고 이런 최종 목적을 달성하기 위해 어떠한 수고
나 노력도, 어떤 고통이나 희생도 두려워하지 않
아.

고틀리프   당장, 지금 당장 그렇게 돼야 해. 안 그러면 너무
늦어. 이미 7시 반이고, 8시면 이 연극이 끝나거
든.

힌체   그게 대체 무슨 말이야?

고틀리프   아, 그냥 무심코 한 말일 뿐이야! 그러니까, 내
가 말하려고 했던 건, 우리 둘 다 끝장나 버린다
는 거야. 보라고, 일출이 얼마나 아름다운가. ―
이런 젠장. 이 망할 놈의 프롬프터가 웅얼거리는
통에 무슨 말인지 알아들을 수가 없네. 그래서
가끔 애드리브를 하려 해도 항상 꼬인단 말이야.

힌체   (작게) 정신 차려. 안 그러면 이 연극이 수천 조

각들로 쪼개질 거라고.

[3막 1장]

이 장면 또한 연극이 연극으로서 성립하기 위한 전제조건을 바로 그 내부에서 성찰하고 있다는 점("이미 7시 반이고, 8시면 이 연극이 끝나거든")에서 앞서와 유사한 사례이다. 그런데 이 자각이 고틀리프 본인에게서 비롯된 것인지, 아니면 옆에서 대사를 불러주는 프롬프터의 재촉인지는 그리 분명치 않다. 어쨌거나 이러한 점들은 극 자신의 성립과 성공의 조건에 대한 반성적인 개입 및 단절이 마냥 자의적인 성격을 띠게 될 때(가령 여기에서는 프롬프터의 말이 분명치 않아 틀린 대사를 읊조리게 되는 고틀리프의 상황), 종국적으로 극이 극 자체로서 존속하는 데에 위협이 될 것임을 극 '내부'에서부터 인지하면서 경계하고 있음을 보여준다. 가령 "연극 Stück이 수천 조각들 Stücke"로 쪼개질 것이라는 힌체의 말놀이는 연극이라는 것이 헤겔식의 주객 동일성의 총체적인 이념을 조화롭고 균형 잡힌 미적 가상의 차원에서 선취한 것이라기보다는, 본디 바스러지기 쉬운 '조각'에 불과한 것이라는 점을 암시하고 있기도 하다. 그러므로 낭만주의의 입장에서 가상의 교란과 형식의 파괴라는 것이 극 자체에 본질적인 것이라는 점은 자명한 것으로 인지되고 있지만, 동시에 이것이 과도한 자의성으로 치달을 때의 위험 또한 극 내에서 의식되고 있음은 명백하다. 슐레겔 또한 작품에서 이러한 교란 상황이 아무리 자의적인 외양을 띠고 있다 할지라도 이들은 "모든 것을 조망하고 모든 제약된 것 위로 스스로를 무제한적으로 고양시키는 정조"(L 42) 하에 "가장 법칙적"(L 108)이며 "전적으로 필연적이고 이성적이어야 한다"(L 37)는 점을 분명히 하고 있다.

2. 가상의 파괴와 가상의 연장

'외부'로부터건 '내부'로부터건 이러한 무대 '안팎' 양 측면에서 이루어지는 가상 파괴의 양상은 자연스레 무대와 무대 바깥, 가상과 '현실' 간의 경계를 넘어 상호 침투의 차원으로 확장될 것이며, 이러한 상호관계 또한 비자의적이어야 할 것이라는 예측 또한 충분히 가능케 된다. 3막은 그것이 본격적으로 시작되기 전에 실수로 막이 오름으로써 무대 뒷면이 고스란히 관객에게 드러나는 '사고' 장면으로부터 시작된다. 여기에서 작가는 앞서 2막이 자신의 대본대로 진행되지 않았다는 데에 대해 불평하고, 왕은 관객에게 조롱의 대상이 된다는 데에 항의하며 배역을 더 이상 맡지 않으려 하는 광경이 관객에게 고스란히 노출되는데, 기술담당은 이와 같은 총체적인 무대 사고에 대해 당연히 매우 당혹스러워 한다:

작가	[...] 2막이 대본에 있는 것과는 완전히 다르게 끝나버렸단 말입니다.
기술감독	그게 무슨 말이오? 대체 누가 막을 올렸단 말인가?
작가	되는 일이 하나도 없네. 난 망했어! (부끄러움에

무대 뒤로 황급히 사라진다.)

기술감독   이전엔 이런 일이 없었는데 말이야.

퇴장한다. 잠시 휴지.

비제너   저것도 극에 포함되나?

이웃   물론이지. 저런 게 바로 나중에 변동을 초래하지.

피셔   오늘 저녁 공연은 정말이지 〈극장 캘린더〉지에 나올 일이야.

왕   (무대 뒤에서) 싫어! 무대에 안 나가. 절대 안 해. 내가 웃음거리가 된다는 건 참을 수 없어.

작가   허나 친애하는 친구여, 대본은 바꿀 수 없소.

[3막, 농부의 방]

이러한 뒤죽박죽의 혼란 상황은 본디 극의 질서 '내부'로 재차 복귀함으로써 수습되어야 한다. 그러므로 곧바로 어릿광대가 해결사로 나서 관객 앞에 선다.

어릿광대	관객 여러분, 본래 대사에는 없는 몇 말씀을 감히 드리게 된 걸 용서하시기 바랍니다.
피셔	어허, 조용히 좀 있지 그래. 이 연극에서 그대는 이미 점수를 잃었고, 심지어는...
슐로서	어릿광대가 감히 우리와 말을 나누게 되다니?
어릿광대	왜 안 되겠습니까? 제가 비웃음거리가 된다는 건 아무 상관이 없습니다. 반대로 여러분들께서 절 보고 맘껏 웃으시길 진정 소망하는 바입니다. 여기선 우리끼리만 있으니, 괘념치 마십시오.
로이트너	꽤나 우스꽝스러운 친구로구먼.

[3막, 농부의 방]

 이로써 연극의 등장인물이 처한 무대라는 가상과 객석 관객이 현존하는 현실 간의 경계는 양자 간의 대화를 통해 무너지게 된다. 그리고 양 영역 간의 대화를 통해 드러나는 이러한 가상의 전면적 파괴는 무대와 객석, 가상과 현실 간의 경계에 대해 어떠한 의문도 품고 있지 않던 '상식적'인 시각의 관객으로 하여금 어이없음과 당혹스러움의 감정을 불러일으키기에 부족함이 없다. 그러므로 어릿광대는 3막 초입에서부터 발생한 '무대 사고'가 본래

이 희곡의 플롯에 포함되지 않은 실제 상황이라는 것을 관객들에게 반복해서 힘주어 전달함으로써 이 곤혹스러운 문제적 상황을 수습코자 한다:

어릿광대   [...] 단지 관객 앞의 한 배우, 대중들 앞의 한 인간으로서 말씀드립니다. 가상이 아닌, 그 외부에 서서 냉정하고, 이성적이며, 예술의 광기에 영향 받지 않고 제정신이신 관객 여러분께 말입니다. 이해하시겠습니까? 제가 드리는 말씀을 따라오실 수 있으신지요? 분별이 되시나요?

슐로서   아듀! 나 없이 잘들 해 보게나. 돌아버리겠군. 내가 아까 계속 얘기한 게 맞았어.

뮐러   당신이 대체 무슨 말을 하는지 이해할 수가 없소.

슐로서   어릿광대를 두고 당신이란 존칭을 쓰지 마시오.

뮐러   허나 한 사람의 인간으로서 말한다 하지 않소.

어릿광대   제가 이 말씀을 드리려고 여기 온 것이니, 제 말에 귀를 좀 기울여 주시길 부탁드립니다. 방금 보신 이전의 장면은 연극에 속한 게 아닙니다.

피셔	연극에 속한 게 아니라고? 그럼 그 장면이 어떻게 연극 속으로 끼어들게 되었소?
어릿광대	막이 너무 일찍 올라가는 바람에 그랬습니다. 무대 뒤편 공간이 좀더 넓었더라면 드러나지 않았을 사적인 대화 장면이었죠.

[3막, 농부의 방]

극 내부의 관객들은 이러한 가상 파괴의 상황에 대해 여전히 잘 이해하지 못하고 있는 혼란스런 상태이다. 그러나 이 티크의 극 전체를 보고 있는 독자들의 시각에서 보면, 어릿광대가 무대라는 가상으로부터 벗어나 관객과 대화를 이루어나가는 이러한 장면 자체가 가상의 파괴 및 가상의 현실로의 지양으로 곧바로 이어지는 것이 아니라, 기존과는 다른 차원에서의 가상을 새로이 창출하고 있다는 점에는 의문의 여지가 없다. 이러한 극적 가상의 질서를 파괴하는 것이 동시에 다른 확장된 차원에서 이루어지는 극의 지속이자 연장을 의미한다는 점은 기실 이 〈장화신은 고양이〉가 페로의 우화에서 유래된 아동극(극 중 극)을 지시하는 것을 넘어, 그 사이에 배치된 막간극과 더불어 프롤로그와 에필로그로 둘러싸인 티크의 드라마 전체 틀을 지시하고 있다는 점에 비추어서 봐도 애초부터 명백한 사안이었다.

이렇게 극으로부터의 탈피가 반대로 극적 효과를 재차 새로운 차원에서의 창출하게 된다는 아이러니적 속성은 해당 장면의 대화 속에서도 확인된다. 이 상황에서 어릿광대는 3막 서두의 사고 상황을 수습하느라 관객들에게 "이 장면은 연극에 속한 것이 아닙니다"라는 말을 네 번이나 반복하고 있다(539-542). 그런데 이러한 어릿광대의 노력은 바로 그 노력이 지니는 강도만큼이나 그 의도를 배신하는 것으로 비추어진다. 다시 말해 그의 진술은 그 진술의 빈도에 비례하여 진술 내용과의 괴리를 부각시키는 아이러니적 효과를 지니게 된다. 가령 셰익스피어의『줄리어스 시저』3막에서 안토니우스의 "브루투스는 정직한 사람이오"라는 반복된 진술이 바로 그 화행의 반복성으로 말미암아 그 진술 내용과는 정 반대, 즉 브루투스는 기실 부정직한 사람이라는 사태를 암시하게 되는 것과 마찬가지로, 해당 장면이 연극에 속하지 않는다는 반복된 부정으로 이루어진 어릿광대의 해명 또한 그 반복으로 말미암아 기실 그 반대의 상황을 지시하게 되는 것이다. 다시 말해 이 어릿광대가 행하는 부정의 화행은 바로 그 반대의 사태, 즉 이 사고 장면 또한 기실 연극에 속하게 된다는 점을 아이러니적인 우회로를 통해 보여주고 있다. 그러므로 여기에서 극적 가상의 파괴를 통한 극의 지속이라는 형식적 차원에서의 아이러니는 또한 그 사태의 부정을 반복적으로 진술함으로써 결과적으로 그 사태를 긍정하게 되는 화행의 아이러니를 매개로 동시에 관철되고 있다고 할 수 있다.

3. 작품의 파괴 불가능성과 예술의 이념

에필로그에서는 동화극의 중심인물인 왕과 더불어 피셔, 뮐러,

슐로서, 로이트너 등의 관객들, 작가와 어릿광대 등 무대와 객석 간의 경계를 넘나들던 인물들, 그리고 대사 불러주는 사람과 같이 상연을 지원하는 극 '외부'의 인물 등 〈장화신은 고양이〉를 구성 하는 주요 등장인물들이 출연하여 마무리 대화를 나눈다. 이는 관 객만 출연했던 프롤로그로부터 시작하여, 막이 진행되어 오면서 점점 활발히 이루어지는 무대와 객석 간의 상호침투 과정이 카오 스적인 절정에 오르게 되는 3막의 마무리에 이르기까지 전개되었 던 "자기창조와 자기부정 간의 부단한 교호"(A 51) 과정을 총괄 적으로 반성하며 결산하는 장면이라 할 것이다. 그럼으로써 처음 아동극만을 지칭했던 〈장화신은 고양이〉는 이제 자신과 더불어 자기 자신을 가능케 했던 제반 조건 및 전제들과 적극적인 상호침 투 및 반성의 맥락을 형성하게 됨으로써 극의 확장 및 '자기성장' 의 도정을 거치게 된 것이다. 앞서 연극적 가상을 교란하고 파괴 함을 계기로 극적 가상을 더욱 확장시키게 되는 과정에서 지니게 될 자의성의 위험에 대해서는 "이 연극이 수천 조각들 Stücke"로 쪼개질 수 있다는 고양이 힌체의 경고를 통해 확인한 바 있다. 그 리고 또한 이러한 상호 작용을 통한 극의 분화와 확장이 무한정 진행될 수는 없는 노릇이므로, 이제 이에 대한 종결 또한 필수적 이다. 그러므로 앞선 과정들을 포괄적으로 성찰하는 이 등장인물 들 간의 대화를 끝으로 극은 다음과 같이 마무리 된다:

작가   오, 너 배은망덕한 시대여!

퇴장한다. 아직 극장에 남아 있던 몇몇 사람들도 귀가한다.

완전한 종결

이 극이 확장된 계기는 바로 극을 가능케 했던 그 '외부'의 조건이 재차 극 '내부'로 포괄되고 가상을 교란시킴으로써였다. 그런데 문제는 처음 설정된 무대 위의 극이라는 '내부'(여기에서는 아동극)와는 구분되는 이 '외부'에는 기본적으로 모든 것이 삽입 가능하기에, 명확한 한계를 규정하는 것은 불가능한 채로 이 '외부'는 무한대로 확장될 수 있다. 즉, 관객은 피셔, 뮐러, 슐로서 등을 넘어 이 극에 등장하지 않는 슈미트, 한스, 에리카 등 수많은 무명의 장삼이사를 포함할 수 있고, 기존에 출연했던 기술 감독과 프롬프터 외에 조명담당이나 연출, 혹은 매표원 등이 새로이 등장할 수도 있으며, 작가뿐만 아니라 다른 비평가와 독자들도 무대에 오르지 말란 법이 없는 것이다. 그렇기에 극의 흐름이라는 내적 가상이 '외부'의 개입을 통해 교란되고 중단됨을 계기로 동시에 극을 확장시키게 되었던 이전의 작동 기제와 구분을 짓고, 그럼으로써 극이 무한히 자라날 수 있는 위험성을 분명하게 차단하기 위해서라도 이 극의 종결은 "완전한" 종결일 수밖에 없을 것이다. 그러나 바로 이 "완전한"이라는 강조란 도리어 그 종결이 실질적으로 불가능함을 지시하는 아이러니적 의도가 내포된 것이 아닌지에 대한 의문 또한 지울 수 없다. 이렇게 자기제한을 통해 자기확장을 이루어나가는 아이러니적 작동 기제를 기반으로 하는 극을 '진정으로' 종결하는 것이 과연 가능할까? 초판과는 달리『판타수스』판에는 이 "완전한 종결" 이후 대화 장면이 추가되어 있다. 첫 구절은 다음과 같이 시작된다:

> 클라라와 아우구스테는 이 낭독에 매혹되었다.
> 로잘리는 그렇게 많이 웃지는 않았고, 에밀리는
> 연극이 연극을 패러디하고자 하고 그럼으로써
> 연극이 연극과 함께 진행되었다는 점을 꽤 진지
> 한 태도를 취하면서 책망했다.

이들 외에도 빌리발트와 만프레트가 등장하여 이 극에 대해 자신들의 입장과 견해를 한 편으로는 소박하게, 다른 한 편으로는 아리스토파네스나 셰익스피어와 결부시켜 나름 전문적으로 표명하고 있다.[07] 그런데 이 장면은 바로 아동극이 시작하기 전 피셔, 밀러, 슐로서 등이 극에 대해 왈가왈부하던 프롤로그를 연상케 한다. (논의의 편의상 극 안의 극인 아동극을 〈고양이〉1로, 그리고 티크의 1797년 판 희극을 〈고양이〉2로 부르도록 하자.) 차이가 있다면 프롤로그의 경우 동화극 〈고양이〉1을 논의 대상으로, 이 마지막 대화 장면은 이 프롤로그를 포함한 전체 '확장된' 극 〈고양이〉2를 토론의 주제로 삼고 있다는 점이다. 그런데 밀러 등이 〈고양이〉1에 대해 맺는 관계와 클라라 등이 〈고양이〉2와 맺는 관계의 공통점은 이들이 각각의 극에 대해 '외부' 관객 내지 독자/비평가로서 제시되고 있었다는 데에 있다. 그런데 앞서 전자의 경우에 밀러 등 '외부'에 처해 있는 관객이 궁극적으로 더 확장된 프레임인 〈고양이〉2 안으로 포괄되었다는 점을 앞에서 이미 확인한 바 있다. 그렇다면 클라라 등이 〈고양이〉2에 대해 일단 '외부'

---

07) 이와 같이 낭독하고 듣는 독자들의 존재, 그리고 직접적인 무대 위 공연으로 소화하기에는 가상의 파괴를 통해 야기되는 혼란이 너무 과도하다는 근거로『장화신은 고양이』는 본디 낭독이나 독해를 목적으로 하여 쓰인 낭독극 'Lesedrama'이라는 주장이 제기되어 왔다. 그리고 실제로 이에 대한 공연은 1844년에, 그리고 20세기 접어들어서도 1921년과 1963년에 이루어졌을 뿐이다.

에 놓여 있는 것으로 상정되고는 있지만, 동시에 이들 또한 같은 구도와 논리로 새롭게 확장된 모종의 프레임〈고양이〉3에 포함됨으로써 이 틀 '내부'에서 재차 '가상'으로 전환된다는 결론이 도출된다. 그리고 우리는〈고양이〉3이라는 새로운 프레임이 무엇인지 이미 알고 있는데 바로 차후 출간되었던 티크의 편집판 『판타수스』이다. 그러므로 "완전히 종결"된 것으로 믿었던 이 극은 티크의 새로운 프레임 부여에 의해 재차 새로이 그 성장과 확장을 꾀하게 된 것이다.

이러한 구도는 벤야민이 티크의 드라마를 두고 그 "형식의 자발적인 파괴"와 동시에 "작품의 파괴불가능성"에 대해 언급한 바와 일맥상통한다. 앞서 인용했듯 "오로지 가상만이 아이러니의 빛에 파괴될 뿐이며, 작품의 핵은 파괴 불가능한 채 남아있다"(벤야민 170). 그러므로 형식의 아이러니 개념 하에, 무대라는 가상과 그 '외부'에 놓인 현실과의 대립을 더 고도의 확장된 새로운 작품의 차원에서 지양한다는 구도는 "예술 형식들의 연속성"(벤야민 143)을 요체로 하여 삶과 예술 간의 대립을 바로 통일적으로 포괄하고자 하는 예술 계획의 일환이라 할 것이다. 이는 바로 낭만적 시문학의 핵심 강령이자 목표라 할 "진전적 보편시학"을 드라마의 자기반성적 형태에서 구현하고 확인한 것에 다름 아니다. 이는 현실적 삶을 "시적으로 만들기", 즉 "여러 시스템들을 재차 그 자신 안에 포함하는 가장 큰 시스템에서부터 시작해 한숨까지, 혹은 시를 짓는 아이가 無예술적인 노래에 불어넣는 키스에 이르기까지 오직 시적일 뿐인 모든 것을 포괄한다"(A 116)는 슐레겔의 단상에 서술된 바를 극적으로 표현한 하나의 사례이다. 이러한 무한한 운동의 맥락 속에서 작품과 현실, 예술과 삶 간의 경계는 지워지고 절대적 "예술의 이념" 하에 지양되어 통일된다.

IV. '완전한 종결'

이러한 절대적 예술의 이념이란 구도를 끝까지 밀고 나가면 어떻게 될까? 앞서 언급했듯 『판타수스』에 수록된 〈고양이〉3은 그 프레임 내부에 속하는 〈고양이〉2와 그 '외부' 요소들 간의 상호 반성적 맥락으로부터 비롯되고 이 관계를 포괄함으로써 산출된 새로운 단계로 상정되었다. 그렇다면 〈고양이〉3 또한 자신의 '외부'와의 상호 반성적 관계를 형성함으로써 〈고양이〉4라는 새로운 맥락을 산출하는 계기가 되지 말라는 법 없지 않겠는가? 그렇다면 이 〈고양이〉3과 대면하고 있는 그것의 '외부'란 바로 무엇일까? 티크의 『판타수스』판에 수록된 〈장화신은 고양이〉의 독자를 의미할 것이다. 그리고 이는 이 작품에 대한 소박한 독자부터 시작해 비평가와 연구자까지 모든 범위와 수준의 독자를 포괄하게 될 것이다. 그렇다면 바로 이 〈장화신은 고양이〉에 대한 이 작품 해설 또한 바로 이 텍스트와의 독해 관계를 매개로 하여 새롭게 형성된 〈고양이〉4라는 새로운 맥락의 프레임에 속해 있다 할 수 있을 것 아니겠는가? 그러므로 바로 지금, 여기 이 지면에 펼쳐진 현존하는 지면 공간 또한 〈장화신은 고양이〉의 확장된 무대라 할 수 있지 않겠는가? 그리고 본 저자 또한 앞서 밀러, 로이트너, 클라라, 아우구스트 등이 수행한 관객 내지 비평가로서 작품에 대한 반성적 역할을 수행하고 있는 것이며, 이들 모두는 그것이 소박하건 본격적이건, 단지 무한한 맥락 속에서 이루어지고 있는 반성들 간의 그저 "상대적"(벤야민 52, 53)인 차이만을 보여줄 뿐이다. 그럼으로써 〈장화신은 고양이〉의 예술적 '삶'을 영위케 하는 하나의 매개체로 자리매김하고 있는 것이다. 이렇게 하여 절대적 예술의 이념에 대한 연구로서 본 해설은 동시에 이 예술의 이념을 수행하는 또 하나의 계기이자 구성요소가 되었다. 예술의 절대적 이념이라는 일견 형이상학적인 외관은 기실 작품 자신이 스스로에게 행하는 무한한 자기반성 내지 다시읽기, 재비평, 재서술 등의 무한한 운동과 맥락형성이라는 역동적 과정에 다름 아니기 때문이다. 이렇게 낭만적 보편시학이라는 예술의 이념은 두 세기도 더 지난 지금/이곳에서도, 아니 바로 지금/이곳의 현존이라는 필수적인 계기를 통해서만이 비로소 그 생명력을 이어나가게 된다. 그리고 독자들 또한 더 확장된 맥락에서 〈장화신은 고양이〉라는 이름의 '절대적 이념' 하에서 반성의 관계 맥락을 형성하고 있는 하나의 매개체라는 점을 굳이 덧붙일 필요는 없을 것이다.

에피날 드 라 메종 펠르랭 Epinal
de la Maison Pellerin은 1790년
부터 20세기 말까지 프랑스 에피
날에서 목판화와 석판화 인쇄를
하는 출판사였다. 창립자, **장 샤를
펠르랭**(1756-1836)에 의해 시작
되었고, 1822년부터 54년까지 그
의 아들 니콜라 펠르랭(b.1793)과
사위 바데에 의해 운영되었다.

마르코폴로

장화신은 고양이

지은이 루드비히 티크 | 옮긴이 장제형

책임 편집 김효진 | 디자인 우주상자

1판 1쇄 2022년 7월 31일 | ISBN 979-11-976182-0-8

주소 세종시 다솜1로9. 401-3004. | 발행처 도서출판 마르코폴로

이메일 laissez@gmail.com